Feux

Marguerite Yourcenar

# 火 散文詩風短篇集

マルグリット・ユルスナール

多田智満子 訳

白水社

# 緒言

『火』は若い頃の作品ではない。これを書いた一九三五年、私は三十二歳であった。初版は一九三六年だが、今日のこの版でもほとんど修正はされていない。

或る内的危機のこの報告書は、一九三六年当時の他の詩人たちによる、神話伝説の再加工の方法を、異なった目的のために、しばしば用いている。人物や場所の恣意的な置換えや、時代錯誤的な細部は、ここでは、過去を現代化するためではなく、時間の概念を気化させる目的をもっている。『火』の中で情念の定理を例証してみせている幾つかの物語が、われわれに知られているような形の神話の諸々の情況の継起から感興を得たものであるという事実からして、本来の古代的色彩は、画面の上で、しばしばほとんど目に見えぬ最初の下塗りにすぎないものとなっている。パイドラーはギリシアのパイドラーではなく、特にラシーヌの劇から借りてきたあの熱烈な罪びとである。アキレウスとパトロクロスは、ホメーロスによるのと少なくとも同じ程度に、ルネサンスやバロック期の絵によって、その像を示されている。マグダラのマリアの出自は、彼女が聖ヨハネの許嫁であったとする『黄金伝説』の一節にある。パイドーンは、プラトーン自身の著作に忠実であるよりは、人間の想像につきまとうてやまぬ、憂鬱で官能的なプラトーン解釈の方に忠実な、かのディオゲネス・ラエルティウスによって書き記された口伝に依拠している。これらの物語の幾つかは、当時私が滞在していた近東の地域、アテーナイの近郊やコンスタンティノープルの場末から、古代へと、いわば接岸していったものである。どの物語においても、神話伝説の重要な点は、それがわれわれの試金石として、いうなればアリバイとして、役立つ力をもっているということだ。あるいはむしろ、神話が、個人的体験を、可能なかぎり遠くへ、できることならそれを超えるに至るまで、導いていく媒介としての力をそなえている、と言ってよいであろう。

マルグリット・ユルスナール

# 目次

# 火

## ——散文詩風短篇集

この本が決して読まれぬことを望む。

★

私たちの間には、愛よりももっとよいもの、共犯性がある。

★

いないとき、あなたの姿は拡がって、宇宙を満たすほどになる。亡霊のような、流動性のものになる。いるとき、あなたの姿は凝縮し、あなたは最も重い金属、イリディウムや水銀のような重みをもつにいたる。その重みが心臓の上におちかかるとき、私は死ぬ。

★

あの感嘆すべきパウロは考えちがいをしたのだ。（私が言うのは大宣教者のことではなく、あの偉大なソフィストのことだ。）すべての思考、すべての愛は、ひとりで放置された場合には、多分衰弱してしまうのだが、それにとってふしぎに効き目の強い気つけ薬がある。それは世界の残りのすべてで、その思考もしくは愛に対立し、かつ、それに価せぬものである。

★

孤独……彼等が信じると同じように私は信じない、同じように生きない、同じように愛さない……彼等が死ぬように私は死ぬだろう。

★

アルコールは酔いをさまさせる。幾口かコニャックをのむと、私はもうあなたのことを考えない。

## パイドラー　あるいは絶望

　パイドラーはあらゆることをやり遂げる。母を牡牛に、妹を孤独にゆだねる。これらの愛の形態は彼女に興味を起こさせない。夢をあきらめるようにして、彼女は故郷を去る。骨董めいた追憶を処分するようにして、自分の家族を否む。潔白が罪であるような環境の中で、彼女は、しまいに自分がそうなるであろうところのものに、いやいやながら立ち会うのだ。彼女の運命は、外側から見たとき、彼女に恐怖の念を起こさせる。彼女は迷宮の壁面に銘記された形によってしか、未だ運命を知らぬ。そこで、逃げ出すことによって恐ろしい未来から身をひき離すのだ。彼女はうかうかとテーセウスに嫁ぐ。ちょうどエジプトの聖マリアが、通行させてもらう代償に、自分の体を与えたように。

そして西方で、クレータ的アメリカの己が種族の巨大な屠殺場が神話の霧の奥に没するがままにさせておく。牧場の匂いとハイチの毒とを身にしみこませて、彼女は上陸する、自分が心の酷熱の風土で感染した癩病をもち運んでいるなどとは疑ってもみずに。ヒッポリュトスを見たときの彼女の呆然自失は、それと知らずに道を逆戻りしていたことに気づいた旅人のそれだ。というのも、この少年の横顔はクレータの都クノーソスを、両刃の斧*を、想い出させたから。彼女は彼を憎み、育てる。彼は彼女の意に反して成長する、彼女の憎しみに押しやられ、たえず女を警戒することに馴れて、学校時代から、正月休みの頃から、義母の敵意が自分の囲りに立てめぐらす障害物を跳びこえることを強いられながら。彼の矢を、つまり彼の射る獣を、そして彼の仲間つまり彼の孤独を、彼女は嫉む。ヒッポリュトスの縄張りであるあの処女林の中に、彼女は心ならずもミーノースの宮殿への道標べを立てる。その藪を横切って、宿命の一方通行の路を辿るのだ。刻一刻と彼女はヒッポリュトスを創造する。その愛はたしかに近親相姦であり、一種の子殺しを犯さずしてこの少年を殺すことはできない。彼女は彼の美と純潔と弱みとをこしらえあげる。それらを自分の内奥からひき出してくるのだ。そして色褪せた処女の姿のもとにそれを憎むことができるようにと、あの忌わしい純潔を彼から分離させる。要するに存在しないアリキアをすっかりでっちあげるのだ。そして不可能の味に酔いしれる。つねにあらゆる不幸のカクテルのベースとなる唯一のアルコールの味に。テーセウスのしとねのなかで、彼女は自分の愛する人を行為の上で欺き、自分の愛さぬ人を空想の中で欺くという、苦い快楽を味わう。パイドラーは母となり、悔恨に似た子供たちをもつ。熱病やみのように、しめったシーツにくるまって、幼い頃まわらぬ舌で乳母の頸にすがってつぶやいた告白にも似た懺悔のつぶやきをくりかえすことで、自らを慰める。自分の不幸に乳を吸わせ、遂にはわれとわが身の惨めな下婢となる。ヒッポリュトスの冷淡さを前にして、彼女は水晶に当たるときの陽光を真似る。すなわちスペクトル〔＝幽霊〕に身を変えて、もはや肉体には、自分がもって生まれた地獄としてしか、棲まなく

＊　クノーソス宮殿のシンボル。両刃の斧（ラブリュス）は迷宮（ラビュリントス）の語源だといわれる。（訳注）

なる。そして自分の内奥に、そこで自分に再会するほかはないような迷宮をこしらえあげる。もはやアリアドネーの糸はその迷宮から脱け出すための役には立たない。というのは彼女はその糸を心臓に巻きつけているからだ。テーセウスの死の誤報をうけて、彼女は寡婦になる。ようやく、なぜと問われることなしに、泣くことができる。しかし黒衣はこの陰鬱な姿には似合わない。苦しみをまぎらせたことで彼女はこの喪を恨めしく思う。テーセウスを厄介払いした彼女は、夫の死後の恥ずべき妊娠のように、希望を孕んでいる。気をまぎらわすために政治を行ない、自分のショールを編みかけるような具合に、摂政の位に就く。テーセウスの帰還は、この政治家がとじこもっている公式的世界に彼女を連れもどすためにはあまりにも遅く実現された。彼女は言いのがれの裂け目からしかその世界にもどることができない。一句一句悦びを味わいながら、彼女は強姦の話をでっちあげ、ヒッポリュトスにその罪を負わせる。従ってその嘘は彼女にとって欲望の充足である。彼女は真実を語ったのだ。彼女は最悪の侮辱をうけたのだから。その中傷は一種の翻訳である。自分自身に対して免疫になっているので、彼女は毒をのむ。

ヒッポリュトスの失踪は彼女の囲りに真空をつくり出す。その真空に吸いとられ、パイドラーは死のなかに呑みこまれるのだ。死ぬ前に彼女は告白する、自分の罪を語る歓びを最後に味わうために。そして場所を変えることなしに、そこでは過失が無罪となるあの自分の血族の宮殿にたち還る。さわがしくひしめきあう祖先たちに押されて、彼女は地下鉄の通路をすべりぬける。そこは獣の匂いに満ち、三途の川(ステュクス)の脂ぎった水を橈が切り裂き、輝くレールは自殺か旅立ちをしか提案していない。地下の己がクレータ島の坑道の奥で、野獣に咬まれて容貌の変わり果てたあの青年と彼女は遂に出逢うであろう。なぜなら彼女は彼と再会するために永遠のあらゆる迂路を辿るからだ。第三幕のあの大芝居の山場以来、彼女は彼に逢わなかった。彼女が死んだのは彼ゆえにである。彼が生きなかったのは彼女ゆえにである。彼が彼女から蒙ったものは死のみである。彼女は抑えがたい臨終の痙攣を彼に負うている。彼女は自分の罪に関して彼に責任をなすりつける権利がある。また、近親相姦への憧れを表明するために彼女を利用する詩人たちの口の端にのぼるあの疑わしい自分の不滅性についても、彼に責任を負わせる権利がある。

ちょうど、頭骨を砕いて路上に横たわる運転手が自分の衝突した樹に罪を負わせることができるように。すべてのいけにえと同じく、彼はわれとわが身の死刑執行人だったのだ。もう二度と希望にわななくことのない彼女の唇から、遂に決定的な言葉が洩れようとしている。何と言うのか？　きっと、ありがとう、と言うにちがいない。

飛行機で、あなたのそばにいると、もう私は危険を恐れない。人は一人でしか死なないものだ。

★

私は決して負けないだろう。勝ちすぎたあまりにしか負けないだろう。罠の裏をかく度にどれも結局私の墓となる愛の中に閉じこめられ、私は勝利の土牢の中で一生を終えるだろう。敗北だけが鍵を見つけ、扉を開く。逃げる者に追いつくためには、死はみずから動き出さねばならぬ、また、私たちに生の強硬な反対物を認めさせるあの凝固性を失わねばならぬ。飛翔の最中に撃たれた白鳥の最期を、何かしら暗い理性に髪を捉まれたアキレウスの最期を、死は私たちに与える。ポンペイのわが家の玄関で窒息死した女にとってそうであるように、死は逃亡の廊下を彼岸へと延長するにすぎない。私の死は石造の死であろう。歩道橋だの旋回橋だの罠だの、宿命の掘るあらゆる陥穽を私は知っている。私はそこで身を滅ぼすことはできない。私を殺すために、死はあなたの共犯を必要とするだろう。

★

銃殺された人々ががっくりとくず折れ、ひざまずくのにあなたは気づいただろうか?

縄で縛られているのに姿勢がくずれ、彼等は撃たれたあと失神するかのように身をかがめる。彼等は私と同じことをする。死をあがめるのだ。

★

不幸な愛というものは存在しない。人は所有していないものしか所有しないからだ。幸福な愛は存在しない。人は所有しているものをもはや所有しないからだ。

★

怖れることはなにもない。私はどん底に触れた。あなたの心よりも低くは墜ちようがない。

# アキレウス　あるいは嘘偽

燈はことごとく消えていた。下婢たちは、天井の低い部屋で、運命の女神（パルカエ）の糸と変じた思いがけぬ経緯の糸をあやつりながら、手さぐりで布を織っていた。役にも立たぬ刺繡の布がアキレウスの両手から垂れていた。ミサンドラの黒い衣はデーイダメイアの紅い衣ともう見分けがつかず、アキレウスの白い衣は月の光で緑色をしていた。女という女が神と嗅ぎつけたこの若い異国の女がここにやってきてからというものは、島には、美女の足もとに横たわる影のような気遣わしさが忍びこんだのである。昼はもはや昼ではなく、闇の上におかれたブロンドの仮面だった。女の乳房は兵士の胸の鎧となった。テティスがゼウスの眼の中に、わが子アキレウスが斃れる合戦のフィルムが形づくられるのを見て以来、彼女は世界中の海にさがし求めたのだった、未来に漂い浮かぶに足るほど防水のほどこされた一つの島、一つの岩、一つの臥床を。不安に駆られたこの女神は、この島に合戦の騒擾を導入する海底電線を切断し、船に合図する燈台の眼をえぐりとり、彼女の息子に戦友からの音信を運ぶ渡り鳥たちを、嵐を起こして追い払ってしまった。熱病神に追跡の手掛りを失わせるために、病気の男の子に女の子の服を着せる農婦のように、テティスは死神の眼をごまかそうとしてアキレウスに自分の女神の寛衣を着せたのである。死すべき運命に冒されたこの息子は、彼女に、たった一度の神ながらの若気の過ちを想い出させるのだった。つまり、彼女は、相手を神に変えるという配慮をせずに、一人の男と寝たのである。アキレウスの容貌には、この神ならぬ父の眉目(みめ)かたちがみとめられたが、それを覆っているものはもっぱら母から受けついだ美しさであり、その美しさこそがやがて彼にとって死の宿命を一層辛いものにするはずであった。絹を身にまとい、薄いヴェールで顔をかくし、金の首飾りをじゃらじゃらと巻きつけて、アキレウスは母の命令のままに少女たちの塔の中にうまくまぎれこんでいた。彼はケンタウロスの学校を出たばかりだった。森の生活に疲れて柔らかい髪を夢み、猛々しい胸に倦いて乳房を夢みていた。母が彼を閉じこめたこの女の隠れ家は、身をひそめたこの若者にとってこの上もない冒険の舞台となった。今まで、情火の明るみをたよりに、男が征服者としてしか入りこんだことのないこの茫大な女の大陸に、コルセットや寛衣に護られて入りこむことが問題だった。男の陣営からの脱走兵であるアキレウスは、ここで、己れ自身とは別のものになる唯一無二の機会（チャンス）をためそうとしたのだ。彼は奴隷たちにとっては主人という性（セックス）の無い階級に属していた。デーイダメイアの父は、あろうことか彼を処女と思いこんで恋するところまで迷いこんでしまった。従姉妹（いとこ）同志の二人の娘だけが、男が女について思い描くにはあまりに理想的な姿に似すぎたこの少女を額面通りに受けとらなかったのである。恋の現実を知らぬこの少年は、デーイダメイアの臥床の中で、闘いや喘ぎや言いのがれの稽古をはじめた。この可憐ないけにえの上に折り重なっての失神は、彼がいつどこで味わうか知らず、名も知らぬ、もっと怖ろしい歓び、死に他ならぬ歓びの代わりをつとめたのだった。デーイダメイアの愛、ミサンドラの嫉妬は、彼を少女とはまさに正反対の厳しい存在に作り直した。塔の中で情念は微風に揺れうごくスカーフのように波立っていた。アキレウスとデーイダメイアは愛し合う者同志として憎み合い、ミサンドラとアキレウスは憎み合う者同志として愛し合った。女ながら筋骨逞しいこの敵はアキレウスにとって兄弟に等しいものとなり、この甘美な恋敵は姉妹のような感じでミサンドラの心をやわらげたのである。島にうちよせる波は一つのうねりごとに音信を運んできた——未聞の風に押し流されて海のただなかに漂うてきたギリシア兵の屍は、アキレウスの救援を得られないがために難破した軍勢の漂流物とも思われた。探照燈は星を装うて天空に彼を探索した。未来の霧の中におぼろげに覗(うかが)い見られる栄光と戦争とは、彼女らを所有することによって数々の罪を重ねることを強いられるような、要求がましい恋人の如き印象を彼に与えた。彼はこの女の牢屋(ひとや)の奥にいれば、彼の手にかかる未来のいけにえたちの誘(いざな)いを受けずにすむと信じていたのである。王たちを重たげにのせた舟が、光を消してただの暗礁にすぎなくなった燈台のもとにいかりをおろした。差出人不明の手紙に警告されたオデュッセウス、パトロクロス、テルシーテースらが、王女たちに来訪の意を伝えておいたのだ。急に親切になったミサンドラは、アキレウスの髪に飾りのピンをとめるためにデーイダメイアを助けた。彼女の大きな手は秘密をとり落したかのように震えていた。開け放たれた門を通って、夜と、王たちと、風と、兆（きざし）に満ちた空とが入りこんできた。千段もある階段を昇るのに疲れて、病身らしいとがった膝を手でさすりながらテルシーテースは息を切らしていた。彼は、けちなために己れ自身の幇間にみずからなり下った王といった風情だった。パトロクロスは貴婦人たちの間に隠れた小僧っ子の前でためらいながら、鉄の手甲をはめた手を行き当りばったりにさしのべていた。オデュッセウスの頭部は、すりへって角（かど）がとれて錆びはしたが、まだそこにイタケーの王の面ざしの見てとれる一枚の貨幣を思わせた。帆柱のてっぺんから見はるかすときのように、眼の上に手をひさしのようにあてて、彼は、女の三重の彫像のように壁を背にして立った三人の王女を検べた。そして、まず、ミサンドラの短い髪と、王たちと握手を交す彼女の大きな手と、その物怖じせぬ様子とが、彼に、女装した男ではないかと思わせた。護衛の船乗りたちが箱の釘を抜き、鏡や宝石や化粧道具と一緒に、アキレウスならばきっといそいそと振り回しそうな、武器の類をとり出して見せた。しかし、白粉をぬった六つの手がいじくりまわす兜はまるで美容師の用いるセット用の兜状の器具を想わせたし、軍装用の革帯はぐにゃぐにゃと柔らかくなって女帯に変わった。デーイダメイアの腕の中では円型の楯はまるで揺りかごだった。あたかも、この島では、仮装が何ものものがれえぬ悪運であるかのように、金は鍍金になり、船乗りは変装の人物に、二人の王は行商人となった。ひとりパトロクロスだけが、魔力に抵抗し、それを抜身の剣のようにへし折った。デーイダメイアの感嘆の叫びをきいてアキレウスは彼に注意を向け、この生きた剣にとびついて、刀の柄のように彫刻されたその厳めしい頭を両の手でかかえた――自分のヴェールや腕環や指環が己が身振りを恋に狂った女のしぐさと見せていることに気もつかずに。忠誠、友情、義烈、それらは偽善者どもが己が魂を偽装するために用いる言葉であることをやめた。すなわち、忠誠とは、この嘘偽の堆積を前にして明澄さを保った二人の眸のことであり、友情とは彼等二人の心であり、栄光とは彼等の重なり合った未来の謂であろう。顔を赤らめたパトロクロスがこの女らしい抱擁を押しもどすと、アキレウスは腕を垂れてあとずさりし、涙を流した。その涙は彼の少女に身をやつした変装を安全なものに仕上げたにすぎなかったが、しかしデーイダメイアにパトロクロスの方を好ましく思わせる新しい理由を与えた。恋文のように中途で横取りされる秋波や微笑、レースの波の下で半ば難破しかけた若い旗手の困惑、それらがアキレウスの心の混乱を狂おしい嫉妬に変えた。青銅で身を固めたこの青年の出現によって、デーイダメイアが心に抱いていたアキレウスの夜の姿はみるみる生彩を失った、それほどにも彼女の女らしい眼に、軍装は裸体の蒼白い輝きより優って見えたのである。アキレウスは不器用に刀を摑んだがすぐにそれを放し、女友達の成功を妬む娘らしいその両手でデーイダメイアの首を締めた。締めあげられた女の眼は長い二筋の涙のようにほとばしり出た。奴隷たちが中に割って入った。幾千もの嘆息の声と、閉ざされる扉の音とが一緒になって、デーイダメイアのしゃくりあげるような断末魔の息の音をかき消した。狼狽した王たちは閾の向う側に出た。女部屋は夜とは関わりのない息づまるような内部の闇に満ちた。膝をついたアキレウスは、狭すぎる壺の口から出て行く水のように、デーイダメイアの喉から命が洩れて行くのを聞いていた。未だかつてないほど、彼はこの女から自分が離れているのを感じていた、彼が所有しようとしたばかりか、それになろうとしたその女から。彼が手で締めあげるにつれて彼女は遠いものとなり、女であるという神秘の上に、死者であるという謎が彼女につけ加わった。おそるおそる彼は彼女の乳房を、腹を、露わな髪を手で触れてみた。彼は立ち上り、もはやどこにも出口の開いていない壁を手さぐりしながら、彼本来の勇気を秘かに探ろうとした王たちの真意を読みとらなかったことを恥じ入り、神になる唯一の好機を逸したと思いこんでいた。諸々の星辰と、ミサンドラの復讐と、デーイダメイアの父の憤激とが、栄光に向かって開かれた正面をもたぬこの宮殿の中に彼を閉じこめておくために力を合わせるであろう。この屍をめぐる彼の千歩のあゆみが、今後アキレウスの不動性を形づくるであろう。デーイダメイアの手とほとんど同じくらい冷たい手が彼の肩におかれ、彼は呆然として、ミサンドラがすすめるのを聞いた、あの全能の父の怒りが彼の上に爆発せぬうちに逃げなさいと。彼はこの宿命的な女友達の手にわが手をゆだね、闇の中でも落着いているこの娘の足どりに歩調を合わせたが、果たしてミサンドラが怨みを抱いているのか、それとも陰鬱な感謝を抱いているのか、また自分を導くこの女が自分に復讐しつつあるのか、それとも自分が彼女のために意趣返しをしたことになるのか、計りかねていた。扉は両側に開き、次いで閉じた。すりへった敷石は彼等の足の下で波の柔らかい凹みのように低くなって行き、アキレウスとミサンドラは、次第に足を早めて螺旋状の下降をつづけた、あたかも彼等の眩暈が重力によって加速されて行くかのように。ミサンドラは階段を数えることで、一種の石の数珠を声高く爪繰っていた。ようやく一つの門が開かれ、その下には崖と堤防と燈台の階段とがあった。血や涙のように塩からい大気が、その潮のような爽やかさに眩惑されたこの奇妙な一対の男女の顔に吹きつけた。裾をからげ、早くも跳びおりようと身構えたこの美しい人を、ミサンドラはこわばった笑い声を立ててひきとめ、彼に鏡をさし出した。曙の光で彼はそこに自分の顔を見た。まるで彼女は、空虚よりももっと怖ろしい反映のうちに、神の非在としての彼の蒼ざめ化粧した証拠を彼につきつけるためにのみ、自由な陽光の中に彼を連れ出すことを諾ったかのようだ。しかし彼の大理石の如き蒼白さ、兜のたてがみに似た波うつ髪、涙に溶けて傷ついた者の血のように頬にこびりついた紅白粉、それらは反対にこの狭い鏡のわくの中にアキレウスの未来のすべての相を集めていて、さながらこの薄い一片のガラスが未来を閉じこめているかのようだ。この美しい太陽の如き人は、自分の帯を解き放ち、スカーフをかなぐりすてて、息のつまりそうなモスリンの衣裳を厄介払いしようとしたが、もし軽率にも裸体を見られたりしたら哨兵の銃火になおさら身をさらすことになろうと恐れた。この神的な女性二人のうちの一層厳い方が、一瞬、この世のうえに身をかがめ、己が肩に、アキレウスの、炎上するトロイアの、また自分がその仇を報ずべきパトロクロスの、運命の重荷を担うかどうかをためらった。というのも、最も炯眼な神あるいは屠殺者でさえ、彼女の心と男の心とを識別できなかったであろうから。乳房に囚われたひとミサンドラは、自分の代わりに呻きをあげる二枚の門の扉を押し開き、彼女がなりえないすべてのものに向かって、アキレウスを肘で押しやった。この生ける屍を閉じこめて門は再び閉ざされ、アキレウスは鷲のように放たれて手すりぞいに走り、転ぶように石段をかけおり、崖を跳びおりて榴弾のようにころがり、矢のように走り、勝利の女神のように飛翔した。岩角は彼の衣裳を引き裂いたが、その不壊（ふえ）の肉体を傷つけることはなかった。敏捷な人は立ち止り、サンダルをぬいで、足の裏に傷つくという機会を与えた。船隊は碇をひきあげつつあった。セイレーネスの呼び声が海上で交錯し、風に揺り動かされる砂はアキレウスのかろやかな足のあとをほとんどとどめていなかった。暗流にひきずられた一本の鎖が、すでにエンジンと出発の想いに小刻みにわななく船を埠頭につなぎとめていた。アキレウスはその運命（パルカエ）の女神の綱に身をゆだねた、両腕を大きくひろげ、波うつスカーフの翼に支えられ、白い雲に守られているかのように、彼の海の母のつかわした鷗の群に守られて。ただの一跳びで、この髪ふり乱した娘は舷の高い船の船尾（とも）に跳びのったが、その娘からは一人の神が生まれつつあったのだ。水夫たちはひざまずき、感嘆の叫びをあげ、驚きのあまり罵りさわいで、この勝利の女神の到来を迎えた。デーイダメイアとばかり思いこんで、パトロクロスは腕をさしのべた。オデュッセウスは首をふり、テルシーテースは大声で笑い出した。誰ひとりとして、この女神が女でないなどと、疑ってもみなかったのである。

心（心臓）はおそらく不潔なものだ。それは解剖台や肉屋のまないたにふさわしい。私はあなたの肉体の方をえらぶ。

★

私たちのまわりにはレジンの、モンタナの、高原のサナトリウムの雰囲気がある。水族館のようにガラス張りで、たえず死が漁りにくる巨大な貯蔵庫。病人たちは血みどろな打明け話を吐き出し、細菌を交換し合い、体温表を比較し、危険の同僚関係のうちに身をおちつける。あなたと私と、どっちが空洞が多いか？

どこに行けば救われる？　あなたは世界を満たしている。あなたから逃れるには、あなたのうちに逃げこむしかない。

★

★

運命は陽気だ。宿命に何かしら美しい悲劇的仮面をつけさせる人は、それの芝居がかった仮装しか知らないのだ。ある未知のおどけ者が、臨終の嘔気のときまで、同じ粗野なうるさいしぐさをくりかえす。彼は運命のまわりにかすかな子供部屋の匂い、習慣の悪魔どもが出てくるニス塗りの箱の匂い、私たちをキャッキャッと言わせようとして突然異様な身なりの女中たちがとび出した衣裳棚の匂いをなすりつける。雷鳴の哄笑に度胆をぬかれて、悲劇の登場人物たちは跳びあがる。盲になる前も、オイディプースは一生の間運命と目隠し鬼ごっこをしていたにすぎぬ。

★

自分が変わってもむだである、私の運命は変わりはしない。すべての形象は一つの円の内側にしるされうる。

★

人は夢を想い出すが、眠りを想い出すことはない。たった二度だけ、私は、夢が沈没した現実の残骸のように漂うにすぎぬあの潮流の横切る海底に入りこんだことがある。過日、長く走ったあと空気に酔うように幸福に酔いしれて、私は腕を組み、背から水に飛びこむ潜水者のように、ベッドに身を投げた。そして青い海中にもぐった。浮身をする泳者のように深淵と背中合わせになり、空気で満ちた肺の気胞に支えられて、私はこのギリシアの海から、新しく生まれた小島のようにたちあらわれたのだ。今宵、苦悩に飽満して、私は溺れる者が自己放棄するときのあのしぐさで、自分のベッドに倒れこむ。そして窒息に身をまかすようにして眠りに自分をゆだねる。追憶の潮流は夜の放心を横切って執拗にながれ、私を一種の死海へとつれて行く。眼瞼の分泌物のように塩で飽和したこの水の中に沈むすべはない。私は漂う、瀝青にうかぶミイラのように、たかだか死後の命の存続にすぎぬ或るめざめを心にかけながら。眠りの満潮そして次に退潮が、私を、われにもあらずこの白麻の浜の上で寝返りをうたせる。一瞬毎に私の膝はあなたの想い出に突き当たる。寒気がして私は眼をさます、まるで死人のそばに寝ていたかのように。

★

私はあなたの欠点を我慢する。人は神の欠点を甘んじてみとめるものだ。私はあなたの不在を我慢する。人は神の不在に甘んずるものだ。

★

子供は人質だ。人生は私たちから人質をとっている。犬についても、豹についても、蟬についても、同じことが言える。レーダーは言ったものだ、「一羽の白鳥*を買ってから、私はもう自由に自殺できなくなりました」。

* むろんゼウスの変身である白鳥をさす。（訳注）

# パトロクロス　あるいは運命

夜が、あるいはむしろ定かならぬ昼が、平原の上に垂れこめようとしていた。黄昏がどの方向を指しているのかわかりかねた。塔に似た山の麓にあって、塔は岩塊に似ていた。未来を生み出すというおそるべき労苦を担いながら、カッサンドラー*は城壁の上で絶叫していた。だれとも見分けがたい屍の頬に、紅白粉（べにおしろい）のような血がこびりついていた。ヘレネーは生血を思わせる紅（べに）で己が吸血鬼の唇を彩どっていた。その地ではここ何年もの間、人々は、沼地の悪臭を放つ湿地帯で土が水にまじりあうように、平和が戦争とま

＊ トロイア王女。予言の力を与えられているが、その正しい予言が決して人に信じられない、という宿命をもつ。（訳注）

じりあう一種の赤い慣例（しきたり）のうちに身を落着けていたのである。戦争を特権として、ほとんど、鎌のついた二頭立の戦車で刈りとった資格として、受けとっていた最初の世代の英雄たちは、戦争を義務として、やがて犠牲として受けとる一団の武士たちにとって代わられた。戦車（タンク）の発明は、もはや塁（とりで）としてしか存在しないこれらの部隊に巨大な割れ目を開かせた。第三波の襲撃者たちは死に向かって殺到した。一撃ごとに自分の最大限の生命をかけたこれらの競技者は、心臓の赤い心室の真中を弾丸で射たれ、遂には自殺するかの如くに斃れた。敵が友の暗い裏返しであったあの英雄的やさしさの時代はもう過去のものだった。黒海の船乗りたちの暴動に加担したことを認めたイーピゲネイアはアガメムノーンの命令で銃殺されてしまった。榴弾の爆発でパリスは美貌を損ねてしまったし、ポリュクセーネーはトロイアの病院でチフスにやられてしまった。砂浜にひざまずいた水の娘たち（オケアニデス）は、もう、パトロクロスの屍から青蝿を追い払おうともしなかった。世界を満たすと同時に世界にとって代わるものであったこの友の死以来、アキレウスは影におおわれた自分の天幕から一歩も出なかった。さながら友の屍を真似ようとするかのように、裸のまま地面にじかに横たわり、追憶の蛆虫が身を喰い荒らすに任せていた。次第に、死は、最も純粋な者だけがそれにあずかることのできる聖別の儀式のように思われてきた。大多数の者は解体する。ごく少数の人間だけが死ぬのである。パトロクロスについて想い出される特徴のすべて――彼の蒼白さ、なにも肌身にまとっていない硬ばった肩、いつも少し冷たい彼の手、石のような濃密さをもって眠りの中に崩れてゆく体の重み――それらがしまいには死後の属性としての十分な意味を帯び、あたかもパトロクロスが屍の下描きとしてしか生きていなかったかのようであった。愛の底に眠るひそかな憎しみが、アキレウスに、彫刻家の性向をもたせていたので、彼はこの傑作を完成したことでヘクトールを羨んでいた。ヘクトールだけが、思念やしぐさや生きているという事実そのものが彼等の間にさしはさむあの最後のヴェールを引き剝がし、死の崇高な裸形のうちにパトロクロスを露わにしたにちがいない。戦争の初期の真率さを失った巧妙に手馴れた一騎討ちの闘いについて、トロイア方の大将たちが鳴り物入りで宣伝しても無駄だった。敵たるに価したこの僚友の死後、一人遺ったアキレウスは、もはや人を殺そうとしなかった。冥府のパトロクロスにライバルを送りたくないからだ。時たま、叫喚の声がひびきわたり、兜をかぶった影が赤い壁のうえを通り過ぎた。アキレウスがあの死者の裡に閉じこもって以来、彼には生者が亡霊の姿でしか現われなかったのである。露わな地面からは裏切りの湿気がたちのぼっていた。行進する軍勢の足音は天幕をふるわせ、天幕の杙はもはや足がかりを与えぬこの地上でゆれうごいていた。和解した両陣営は人を溺れさせようとする河の流れと格闘していた。そのような世界の果ての夕暮の中に、蒼ざめたアキレウスは入っていったのである。生者は、絶えず脅やかす死の奔流からかりそめにのがれた者とは思われず、今ではそれどころか死者の方が、生者の不潔な洪水によって浮かび上ってきたように彼には思われた。流動し、生気を帯びた、無形の水に対抗して、墓をつくるのに役立つ石とセメントとを彼は護った。イーデーの森からひろがってきた火事が港の中にまで入りこみ、船腹をなめはじめたとき、アキレウスは船の胴部や帆柱や傲慢にも脆弱な帆などに敵対して、火葬の薪の臥床の上で死者を抱擁することをおそれぬ火に味方した。異様な土民の群がアジアから河のように流れ出ていたが、アイアースの如き狂気に襲われたアキレウスは、その獣の群を、そこに人間の相貌を認めさえせずに、惨殺してしまった。彼は彼岸の世界で狩の獲物となるべき獣の群をパトロクロスに送りつつあったのだ。アマゾーン女軍が現われた。乳房の氾濫が丘を覆った。露わなふさふさしたその髪の匂いに、ギリシア軍は戦慄した。一生を通して、アキレウスにとって女性は不幸の本能的な部分を体現するものであった。すなわち、彼がその形をえらんだのではなく、耐えねばならなかったもの、受け容れることができなかったものをあらわしていたのだ。神と人との間の中途半端な混血児に彼を産み、そうすることによって、人が神となる手柄の大半を彼から取りのぞいたことについて、彼は母を責めたものだった。英雄らしさというものが、傷つきうるということから成り立っていないかのように、恐怖に対し免疫にさせるために、まだほんの幼児の頃、自分を三途の川（ステュクス）へ水浴びにつれていったことで、彼は母を怨んでいた。リュコメーデース王の娘たちが、彼の女装のかげに、仮装の反対のものを見抜かなかったことについて、彼は彼女らを恨めしく思っていた。また、彼は女に惚れたことを屈辱として、かつて自分の愛した美女ブリーセーイスを許さなかった。彼の刃は今アマゾーンたちの薔薇色のジェリーを突きさし、蝮のからみあうゴルディウスの結び目を切断した。わめき叫ぶ女等は、傷口の裂け目から死を産み出しながら、己が腸のもつれの中で、闘牛の馬のようにに足をからまれてもがいていた。ペンテシレイアは、裸の果肉の中の硬い核の如くに、ふみにじられた女等の肉塊からぬけ出た。眼を見て敵が心を柔らげることのないように、彼女は兜の面頬をおろしてあった。彼女ひとりが、覆いなしでいるという奸計を敢然として断念していたのだ。黄金の甲冑と面頬とに身をかためたこの鉱物質の復讐の女神は、人間らしいものとては髪と声としかもたなかったが、その髪も金髪であり、その澄んだ声音も金の響きをもっていた。仲間たちの中で彼女だけが乳房を切らせることに同意したのだが、しかしその切断は神々しい胸の上ではほとんど目立たなかった。人々は女武者たちの髪を摑んで闘技場の外へ引きずり出した。兵士たちは人垣をつくって、戦場をひとつの囲われた場に変え、そこでは殺人だけが彼にとって唯一の出口となる環の中心へとアキレウスを押しやった。このカーキ色の舞台装置、暗灰色の、青色の地平の上で、アマゾーン女将の鎧は、世紀が移るにつれて形を変え、プロジェクターの投げる光のままに、その色彩を変えてきた。どの見せかけからも舞踊の足どりを作り出すあのスラヴ人と共に、この格闘は試合となり、次いでロシア・バレエとなった。アキレウスは前に進み、次に後退した。聖体(ホスティア)を包んだあの金属の甲冑に釘づけされ、憎しみの底に見出される愛に侵されながら。或る魔力を破らんとするかの如く、全力をこめて彼は剣を投げ、この女と自分との間に何かしらきよらかな兵士の如きものを介在させていた薄い鎧を切り裂いた。ペンテシレイアはこの鉄の強姦に抗しきれず、譲るが如くくずれおれた。看護兵がとびかかってきた。撮影のときのあの機関銃の炸裂する連続音がきこえた。せかした手がこの黄金の屍の皮を剥いだ。兜の面頬をもちあげると、顔の代わりに、もはやくちづけの及ぶべくもない、盲いた仮面が露わになった。アキレウスはむせび泣き、友たるに価したこの犠牲者の頭をもちあげた。これはこの世でパトロクロスに似た唯一の人であったのだ。

もはや自分を与えないこと、それはもっと自分を与えることだ。自分のいけにえを与えることだ。

★

自己愛ほどきたならしいものはない。

★

愚者の犯す罪、それは自分をだれよりも好きになることだ。この不敬虔な偏愛は、殺す人々がそれを抱くとき、私に嫌悪の念を起こさせるし、恋する人々がそれを抱くとき、私をぎょっとさせる。こうしたけちんぼな連中にとって、愛する相手はもう指をひきつれさせる一枚の金貨にすぎない。それはもうほとんど物ではなく、一個の神にすぎない。私はあなたを一つの対象（もの）にすることを拒む、たとえ**愛される対象（もの）**であっても。

★

唯一の栄誉は役に立たないことだ。私を好きなものにしてごらんなさい、映写幕だろうと、良導体の金属だろうと。

★

あなたは死者のゆくあの虚無の中にいっぺんでくずれ去ることができる。そのとき両手を私に遺していってくれたら私は慰められるだろう。あなたの手だけが、あなたから離れて生き残るだろう、自分の墓の塵と石灰とになった大理石の神々の手のように謎めいて。あなたの行動や、それが愛撫したみじめな肉体が滅んだあともその手は生き残るだろう。物とあなたとの間で、手はもう仲介者の役をしないで、それ自身物と変わるだろう。あなたがもう手を自分の共犯にしないので、手は再び罪とかかわりなくなって、主人のいない猟犬のように悲しげに、どんな神からももう命令を下してもらえぬ大天使のように当惑して、あなたの空しい両手は闇の膝の上で憩うだろう。あなたの開いた両手は、どんなよろこびを与えることも摑むこともできないで、私を壊れた人形のようにとり落したことだろう。私はくちづける、手首の高さで、あなたの意志がもう私の手から離そうとしないその無関心な手を。私は愛撫する、蒼い動脈を、かつて噴泉のように絶え間なしにあなたの心臓の土壌から現われた血の石柱を。かすかな満足のすすりなきを洩らしながら、私は子供のように頭を憩わせる、私の運命であったものの星と十字架と絶壁とに満ちたその二つの掌の間に。

★

幽霊はこわくない。肉体をもつというだけの理由で、生者はおそろしい。

★

実を結ばない愛はない。どんなに用心してもどうにもならない。あなたから去るとき、私は自分の奥底に、一種のいまわしい子供のような苦悩を抱いて去るのだ。

# アンティゴネー　あるいは撰択

深い正午は何を語るか？　憎しみはテーバイの町の上にある、怖るべき太陽のように。スピンクスの死以来、この卑しい町には秘密というものがない。すべては明るみに出ている。影は家すれすれに、樹々の根もとに、身を低める、さながら貯水槽の底の溜り水のように。部屋部屋はもはや闇をたくわえた井戸、涼気の蔵でしかない。歩きまわる人人には果てしない白夜の夢遊病者の気配がある。もう二度と太陽を見ないようにと、イオカステーは縊れて死んだ。人々は白昼に眠り、白昼に恋にふける。戸外に横たわって眠る者たちは自殺者の相貌を帯びているし、恋人たちは陽光のもとにつるみあう犬だ。人々の心臓は野と同じく乾き、新しい王の心臓は岩のように乾いている。かほどの乾燥は血を呼ばずにはおかぬ。憎悪が魂から魂へと伝染し、太陽のレントゲン線は、その癌を癒やすことなく意識を侵す。オイディプースはこの陰気な光線を扱いすぎて盲になった。ひとりアンティゴネーだけがアポローンの光明の弓から放たれる矢に耐えている、あたかも苦悩が彼女にとって黒眼鏡の役を果たしているかのように。彼女は去る、火で焼いたこの粘土の町を、人々のこわばった顔が墓土でできているこの町を。オイディプースを吐き出すかのようにあんぐり口を開いた城門の外へ、彼女はオイディプースにつきそうて出る。追放の路を辿って、彼女は父であり同時に悲劇的な兄でもあるこの人をみちびいて行く。すると彼はわが身をイオカステーの上に投げかけたあの幸福な過失を祝福するのだ、あたかも母との近親相姦が彼にとって妹をわが子として生む手段にすぎなかったかのように。復讐の女神*は直ちに守護の女神に変身する、というのは、人がそれに全心全霊をゆだねるとき、苦悩は静謐に変わるものだからだ。アンティゴネーはオイディプースがその復讐の女神の臥床に横たわり、肉体的失明以上の決定的な闇の中に憩うのを見るまでは放浪をやめない。彼女はテーセウスの施物をことわる。彼は上衣や新しい肌着や、テーバイにもどるための公共の乗物の座席を提供したのだが。災難にすぎぬものを罪とし、出発にすぎぬものを追放とし、宿命にすぎぬものを罰とするあの町に、彼女は徒歩でふたたび辿りつく。髪ふりみだし、汗じみて、愚者にとっては嘲笑の種、賢者にとっては醜聞の種、彼女は広々とした平野に軍隊のあとをつけて行く、空瓶と、踵のすりへった靴と、禿鷹が早くも死人と思いこむ遺棄された病人とで、平野に里程標を立てて行く軍隊のあとを。そこで十字架にかけられるために聖ペテロがローマにもどるように、彼女はテーバイに向かって進む。テーバイの周辺に夜営する軍隊の七重の輪をひそかにくぐりぬける、地獄の紅らみのなかの燈火のように人目につかずに。中国の町の城壁のようにさらし首をいくつものせた城壁の内側に、忍び戸をくぐって入りこむ。憎しみのペストによって人通りがなくなり、戦車の通過によって底までゆすぶられた街

＊　復讐の女神エリーニュスは、エウメニデス（好意ある女神）の別称をもつ。そして伝承によれば、テーセウスの庇護のもとにオイディプースが生を終えるのは、コロノスのエリーニュスの神域においてである。（訳注）

路をすべるようにすすむ。女たちや娘たちが自分の近親者を撃ちそびれた銃火が炸裂する度に喜びの金切り声をあげている高台の上にまで、彼女はよじのぼる。長い黒いお下げ髪を両側に垂らした血の気の失せたその顔が、銃眼のあいた城壁の上の生首の列の間に席を占める。自殺する男の開いた喉と雫したたる両手との間以上に、敵である兄たちの間を彼女はえらぶわけではない。というのは双児の兄たちは、最初はイオカステーの胎の中のたった一度の喜びの戦慄にすぎなかったように、いまアンティゴネーにとってたった一度の苦悩の亢進にすぎないからだ。敗北者に身を捧げるために彼女は敗北を待つ、あたかも不幸が神の審判であるかのように。己が心臓の重みにひかれて、彼女は戦場になっている低地へとふたたび降りて行く。イエスが海の上を歩くように、死者の上を歩く。腐敗しはじめたために平等になったそれらの男たちの間に、彼女はポリュネイケースを認める、詐術の不吉な不在にも似た裸の姿で長々と横たわり、儀仗兵のように彼をとりまく孤独の中の兄を。罰することから成り立っている卑しいこの潔白さから彼女は背を向ける。生きているときでさえ、成功によって冷やされたエテオクレースの公式の屍は、栄光の嘘偽の中ですでにミイラ化している。死んだ後にさえ、ポリュネイケースは苦悩として存在している。彼にはもうオイディプースのように盲になり果てるおそれはない。エテオクレースのように勝つことも、クレオーンのように支配する危険もない。彼は凝固することができない、もはや腐ることしかできないのだ。敗れ、剝ぎとられ、死んで、彼は人間の悲惨のどん底に達した。彼等の間には一つの徳、一片の名誉すら介在していない。掟とは縁がなく、生まれたときから醜聞の種であり、同じ胞衣につつまれるようにして罪につつまれてきたこの二人は、この世のものでないということから成り立つおそるべき処女性を共有している。彼等の二つの孤独はまさに接吻しあう二つの唇のようにむすびつく。彼女は彼の上に、天が地の上にかがむようにして身をかがめ、そうすることによってアンティゴネーの宇宙をその完全性のうちに形成し直す。漠然たる所有の本能が、彼女をして、誰も横取りしようともせぬこの罪人のうえに身をかがめさせるのだ。この死者は大きな愛の酒をいちどきに全部注ぎこむべき空っぽの壺なのだ。禿鷹が奪おうとするその屍を彼女の細腕がかろうじてもちあげる。受難の兄を、十字架を担うようにして運んで行く。砦の上からクレオーンはこの死者が彼の不滅の魂に支えられて来るのを見る。親衛兵がとび出してきて、復活をもたらすこの吸血鬼を墓場の外へひきずり出す。彼等の手はおそらくアンティゴネーの肩の上で縫目のない胴衣を引き裂き、すでに追憶の如く解体し崩れつつある死骸をつかむ。死者の荷をおろしたこの娘はうつむいたまま神を担っているように見える。そのさまを見てクレオーンは逆上する、まるで血に覆われた彼女の襤褸が旗印であるかのように。無慈悲な町は黄昏を知らぬ。日は一度に暗くなる、もう光をそそがぬ焼切れた電球のように。もし王が眼を上げたとしても、テーバイの街燈が今や天に記された掟を彼の眼から隠したであろう。人々は運命をもたぬ、世界には星がないからだ。神聖な掟のいけにえであるアンティゴネーだけが、死ぬ義務を自分の所領として受けとった。この特権が彼女に対する人々の憎悪を説明しうるものだ。ヘッドライトに射抜かれるこの夜の中を彼女は進む。その狂女の髪、乞食の襤褸、人足のような爪が、妹の慈悲の行きつく果てを示している。昼日なか、彼女はよごれた手にそそぎよらかな水、兜の凹みの翳、死者の口にかぶせるハンカチであった。真夜中、彼女は一つの燈りとなる。オイディプースのえぐりとられた眼への彼女の献身は幾百万もの盲者の上に輝きわたり、腐った兄への情熱は時間の外で幾千万もの死者に命のあたたかさを与える。人は光を殺さぬ。光を窒息さすことしかできぬ。人々はアンティゴネーの臨終の真相をかくす。クレオーンは彼女を穴の中に、地下墓地にうち棄てる。彼女は源泉と財宝と胚芽の国へと還って行く。彼女は肉の姉妹でしかないイスメーネーを押しやり、勝者を生むという怖ろしい機会をハイモーンからとりのぞく。人間理性の対極に位置する自分の星、墓を通ることなしには到達できぬ星を求めて、彼女は旅立つ。不幸へと改宗したハイモーンは黒い回廊を通って彼女の跡を追いかける。分別を失った男のこの息子は彼女の悲劇的な愛の第三の相である。神の方への脱出を可能にする肩掛と滑車の複雑な首吊り仕掛けを準備する彼女に逢うのに彼はやっと間に合う。深い正午は怒りを語った。いま深い真夜中は絶望を語る。星辰を奪われたこのテーバイにはもはや時間は存在しない。絶対の闇黒の中に横たわって眠る人々はもはや自分の意識を見ない。オイディプースの寝台に臥したクレオーンは国家的理由という堅い枕の上で憩うている。街々に四散した抗議者たちは正義感に酔いしれて、夜につまずき、街頭に寝ころがる。犯罪を醸す町の白痴的な静寂の中、突然、地下から鼓動の音が眠られぬクレオーンの耳にはっきりきこえ、次第に大きくなり、夢魔となる。クレオーンは起き上り、手さぐりで、彼だけが知っている地下への扉をひらき、地下の粘土の上に自分の長男の足跡を発見する。アンティゴネーの発する朦朧たる燐光のあかりで、彼はハイモーンがこの巨いなる自殺女の頸にぶらさがり、死の広さを計るかのような振子の振動にひきずられているのを認める。一層重たく垂れるためであるかのように、二人は互いに相手にむすばれ、そのゆるやかな横揺れは一振りごとに墓の中へ二人を深く沈めて行く。そしてこの脈うつ重みが、とまっていた星辰の機械仕掛をふたたび動かすのだ。秘密をあばくこの音が、舗道を、大理石の舗床を、堅い粘土の壁を横切り、乾ききった空気を大動脈の脈動で満たす。占卜者は地に耳をあてて横たわり、医師のように、昏睡した大地の胸を聴診する。神の大時計の音にあわせて時はふたたびその歩みをはじめる。世界の振子はアンティゴネーの心臓である。

眼を閉じて愛するのは盲として愛することだ。眼を開いて愛するのは、おそらく狂人として愛することだ。狂おしいまでに受け容れることだ。私は狂女としてあなたを愛する。

★

ひとつのさもしい希望が私に残っている。われにもあらず私は本能の連続性が消滅することをあてにしている。その連続性とは、心の生活の中では、名前や扉をまちがえる迂闊(うかつ)者の行動と等しいものなのだが。恐怖を抱きつつ私はあなたがカミルスの裏切りを犯すことを、クラウディウスの挫折を味わうことを、あなたをヒッポリュトスと縁遠いものとする醜聞の種をまくことを希望している。何であろうとあなたの挫きはあなたを私の体の上に倒れかからせることができるだろう。

★

人は人生のすべての出来事に処女としてぶつかる。苦悩に対してどういう風にふるまってよいかわからないのがおそろしい。

★

私が生きることをのぞみ給う神はあなたにもはや私を愛さぬよう命じ給うた。私は幸福にはよく耐えられない。そんな習慣が欠けているのだ。あなたの腕の中では私は死ぬことしかできなかった。

★

愛の効用。官能を貪る者たちは愛なしに快楽の探究をなし遂げるための手はずをととのえる。肉体のまじりあいと結びつきの一連の体験をつづければ、錯乱に陥る他はない。それから次に、暗い半球の中にまだなすべき発見が残っていることに気がつく。私たちに**苦悩**を教えるためにはその暗い半球が必要だった。

# レナ　あるいは秘密

レナはアリストゲイトーンの妾で、情婦というよりは下婢に近かった。二人は聖ソティル教会堂の近くの小さな家に住んでいた。彼女はささやかな庭を耕して、柔らかい長南瓜やたくさんの茄子をつくり、片口いわしを塩漬けにし、西瓜の赤い果肉を四つ割りに切り、イリソス河の乾いた河床に肌着を洗いにおりて行き、主人が競技場で体操の練習をしたあと風邪をひかぬように、絹のマフラーを身につけるよう、気を配るのであった。これほどの世話に対する報酬として、彼は自分を愛させていた。彼等は一緒に外出し、小さなカフェへ、暗い太陽のように熱烈で哀れっぽい流行歌の、ぐるぐる回るレコードをききに行くのだった。彼女はスポーツ新聞の第一面にのった彼の写真を見るのを誇りにしていた。アリストゲイトーンはオリュンピア大祭の拳闘競技に出場することになった。そのための旅にレナが同行することを彼はゆるしてやった。彼女は埃っぽい道や、乗る者を疲れさせる騾馬のぎくしゃくした歩きぶりや、島々の最良の葡萄酒よりも高く水を売りつける虱だらけの安宿を、愚痴ひとつこぼさず我慢した。路上では乗物の音がひっきりなしに喧しく、蟬の鳴き声ももうきこえぬほどだった。或る日、日盛りに、とある丘の曲り角を過ぎると、足下に、勝利の女神像を手にした神の掌のように凹んだオリュンピアの谷間が見えた。祭壇や調理場や、レナが贋(まが)いものの宝石を買いたくなるような縁日の露店の上を、蒸暑い熱気が漂い、人混みの中で主人を見失わぬように、彼女は歯の間に彼のマントの裾をくわえていた。下婢の申し入れを拒まぬ程度に善良な偶像たちを、脂でこすり、リボンで飾り、べたべたといっぱい接吻した。主人の成功のために、知る限りありったけの祈りの文句を唱え、彼の競争相手に向かってありったけの呪いのことばを吐きかけた。闘技者に課せられる長い禁欲の期間中、彼から隔離されて、レナは競技者たちに割当てられた宿舎の外の、女の溜り場で、ひとり天幕の中で眠った。

暗がりにさしのべられる手を押し返し、隣の女がくれた袋入りのひまわりの種にさえ関心を示さなかった。拳闘士は、試合相手の油を塗った胴体や、手で摑みようのない剃った頭のことばかり考えていたので、彼女はアリストゲイトーンが敵に気をとられて自分を棄てるような気がした。大祭競技の夕べ、彼女は、競技場の通路を、情事のあとのように喘ぎながら勝利者として担がれていく彼を見た。新聞記者たちの記事の餌食であり、写真の乾板の餌食である彼を。そして彼が栄光とぐるになって自分を欺いたような気がした。栄冠をかちえた彼の生活は、社交界の人々と飲めや歌えのお祭り騒ぎで明け暮れた。或る晩、彼女は、いつもの饗宴から彼が若いアテーナイの貴人と伴れだって出てくるのを見かけた。彼は酔っていたが、その酔いが酒のせいであることを彼女は望んだ。というのは、酒の酔いは幸福の酔いよりも早くさめるものであるから。彼はレナを棄てて、彼女をその隣の女の世話に任せたまま、ハルモディオスの乗物に同乗してアテーナイにもどって行った。彼は巻きおこる埃りのなかへ消えてしまったのだ、まるで死者のようにあるいは神のように、彼女の愛撫のとどかぬところへ。記憶に留めた彼の最後の面影は、褐色のうなじにゆれなびくスカーフをまとうた姿であった。自分を置き去りにした主人のあとを遠くから追いかける犬のように、レナは山地の多い路のりを、アテーナイへともどりはじめた。途中には、半獣神（サテュロス）に出逢いはせぬかと女たちが道を急ぐような、人気のない淋しい場所も多かった。いささかの物陰と、一杯の水と、一杯のコーヒーとを購（もと）めるために彼女が宿屋に立寄ると、どの宿屋でも、亭主が、例の二人伴れの男が無造作にポケットから落していった金貨をまだ一心に数えているところだった。到るところで、あの二人は最高級の寝室をとり、最高級の酒を飲み、夜が明けるまで歌手たちに放歌高吟させたのだった。レナの自尊心は、それはなお恋の自負心でもあったが、自尊心の痛手でもある恋の傷口を繃帯でつつむのだった。少しずつ、あの魅惑的な若い神は、一つの面影にすぎないことをやめて、彼女にとって一つの名、一つの物語、一つの短い過去となっていった。パトラスのガソリンスタンドの男は、あの青年がハルモディオスと名乗っていたことを彼女に教えた。ピュルゴスの博労（ばくろう）は彼の競馬用の馬の話をしていた。三途（ステュクス）の川の渡し守は、その職業がら死者とのつき合いが多かったが、ハルモディオスが孤児であり、彼の父が歳月の彼岸に上陸したばかりであることを知っていた。公道の雲助どもは、アテーナイの僭主が彼を金銀財宝で満たしたことを知らずにはいなかったし、コリントスの娼婦たちは彼が美男である所以(ゆえん)を心得ていると信じていた。誰もが、乞食でさえも、村の阿呆でさえもが、ハルモディオスが自分の競争用の馬車にオリュンピア競技の拳闘のチャンピオンを同乗させていることを知っていた。この輝かしい若者はもはや優勝盃、リボンで飾られた壺、長い髪をなびかせた勝利の女神の似姿にすぎないのだった。メガラで、税関の役人がレナに教えたところによれば、ハルモディオスが国家の主権者の車に道をゆずるのを拒んだので、ヒッパルコスは忘恩と、平民との親交とを言い立てて青年をはげしく非難し、お付きの民兵たちは、拳闘士と連れ出って遊び歩くためにハルモディオスに与えたのでない、というわけで、青年の乗物を力づくで奪いとった。アテーナイの郊外で、自分の主人の名が一万の唇にくりかえしのぼる誘惑的な歓呼の叫びを耳にして、レナは身をふるわせた。若者たちは優勝者の帰国を祝って炬火の行列を準備し、ヒッパルコスはその祝典に臨場することを拒否した。根こぎにされた樅の木は熱い樹脂の涙を垂らして燃えた。聖ソティル街の小さな家では、中庭の地面を覆った敷石を不規則に踏みならす踊り子たちの影が、壁面に、動く裸形のフレスコ画を投げかけていた。誰の邪魔もしないように、レナは勝手口からこっそりと入りこんだ。水差しや鍋釜は彼女になじみぶかい言葉で話しかけるのをやめていた。不器用な男の手で食事の用意がしてあった。こわれたコップのかけらを集めるとき、彼女は指を切ってしまった。骨をやったり機嫌をとったりして、食物戸棚の下にねそべったハルモディオスの猟犬を手なずけようと空しく骨を折った。彼女は主人が社交界で臨んだ晩餐のメニューをもってきてくれるものと予期していた。しかし彼はレナの顔を見てもうわの空で微笑するだけだ。彼女を厄介払いするために、彼はデケリアの自分の小さな農園に、レナを葡萄摘みにやってしまう。彼女は主人とハルモディオスの妹との結婚を予見し、ぞっとしながら妻というものを、げっそりしながら子供というものを考える。炬火に囲まれた婚姻の美しいエロースが行手に投げかける影の中で彼女は生きる。婚約が行なわれないことは、この無邪気な女を半分しか安心させない。彼女は危険について思いちがいをしているのだ。というのは、ハルモディオスはこの家に、ヴェールを被った情婦のような不幸を忍びこませたからだ。レナはこの触知しがたい女のために、自分が棄てられたと感じる。或る夕べ、ヒッパルコスの肖像入りの切手や貨幣によって無数に殖えた顔がそれと見分けられぬほど、すりへった顔立ちをした一人の男がきて、勝手口の戸を叩き、真相のパンの一かけをおそるおそる乞う。たまたま帰宅したアリストゲイトーンは、彼女がこの疑わしい乞食とならんで食卓についているのを発見する。彼は彼女を非難するほど信用していない。突然叫喚に満ちた部屋から彼女は追い出される。数日後、ハルモディオスは水時計の泉のほとりで、待伏せた刺客にやられた友の姿を見つける。まるで刺青されたように短刀で刺された拳闘士の体を、家のたった一つの寝椅子に運ぶため、彼はレナの手助けをもとめる。ヨードで黒ずんだ彼等の手は負傷者の胸の上で出逢う。レナは見る、ハルモディオスのうつむいた額に、傷口の霊妙な癒し手たるアポローンの気づかわしげな小じわが刻まれるのを。主人を救ってくれるように懇願しながら、彼女は大きな両手をもぞもぞさせて青年の方へさしのべる。この傷一つ一つについて自分に責任があるかのように、彼が己れを責めるのを聞いてもレナは驚かない。それほどまでに、一人の神が救い主であり殺人者でもあるということが自然なことに思われるのだ。ひっそりと人気のない路を行ったり来たりする私服の刑事の足音が、寝椅子に横たわった手負いの人を慄えあがらせる。ハルモディオスは、どんな短刀も彼の肉を刺し通すことができぬという風に、相変わらず大胆に、たった一人で町へ出て行く。そしてこの無頓着さを見て、レナは彼が神であるとの確信を強める。彼等二人はレナがしゃべるのを怖れて、前夜の襲撃を酔払いのしかけた喧嘩と思いこませようとするが、これはおそらく、彼女が町角の肉屋か食料品店へ、復讐の好機の重みを量ってもらいに行くのを気遣ってのことである。彼等のためにこしらえてやった旨いシチューを彼等が犬にくれてやるのを見てレナはぞっとする。まるで自分たちを憎ませる理由をわざわざこしらえているみたいだ。自分たちを忘れさせるために、彼等は二、三人の友達と共に、クレータ風のパルネス山に野営するために出発する。泊る宿の所在を彼女に教えないので、あたかも世の果てにさまよう死者に供えるかのように、石の下に食物を置いて、レナは二人に食物を供給する役割を演じる。そして黒い葡萄酒と血のしたたる獣の四肢とをアリストゲイトーンに捧げるが、もはやくちづけを与えてくれぬこの血の失せた亡霊に、話をさせることはできない。もはやこの罪を夢みる夢遊病者は、ヨシャパテの墓へと巡礼してゆくユダヤ人の屍体のように、墓の方へ歩みゆく一人の死者にすぎない。彼女はむき出しの彼の膝や足が凍っていないかをたしかめるため、そっとさわってみる。そしてハルモディオスの手の中に、死者の霊魂を冥府へ導くヘルメースの魔法の杖が握られているのを見た、と思いこむ。恐怖の犬と復讐の狼どもに囲まれながら、彼等はアテーナイに帰り着く。文無しの田舎紳士や訴訟依頼人のない弁護士や、将来の希望のない軍人などの醜悪な姿が、神の存在によってもたらされた影のように、主人の部屋へとしのびこむ。ハルモディオスが用心して自宅で寝なくなって以来、彼に居場所をとられて屋根裏部屋へ追いやられたレナは、病人を看とるようにして主人のかたわらで夜を過ごすことも、子供にしてやるように彼の毛布のへりをベッドの端に折りこんでやることもできなくなった。テラスの上に身をひそめて、彼女は、不眠症にかかったこの家の門が休みなしに開いたり閉じたりするのを眺める。何もわけわからずに、彼女は復讐を織る梭（おさ）の行き来に立ち会っているわけだ。来たるべきスポーツの祭典のために、褐色の羊毛の服にT字型十字章を縫いつける仕事を彼女はやらされる。その夜アテーナイのすべての家の屋上に燈火が燃え、貴族の娘たちは翌日の行列のために、聖体拝受者の服装をととのえる。そして聖所の奥で人々は聖処女の髪にウェーヴをかける。アテーナー女神の鼻さきで、百万粒の香が燻ゆる。レナは、このところこの家に泊っている幼いイリーニを膝にのせている。ヒッパルコスが復讐のために幼い妹を奪いはせぬかと案じたハルモディオスが彼女にこの子を預けたのだ。かつてはこの娘が花嫁の冠をかぶってこの家に入ってくるのを怖れていたくせに、まるで彼女ら二人の希望が裏切られたかのように、今ではレナはこの小娘への憐みで胸がいっぱいだ。彼女はこの子が「いと清き処女」のお通りになる路に、両手いっぱいに投げかけるはずの、紅薔薇を撰り分けながら夜を過ごす。ハルモディオスが焦立った手をその花籠に突込むと、その手は血に浸ったように見える。アテーナイ市がその真珠の顔を見せる時刻、レナはヴェールの真珠母色のかげで慄えているイリーニの手をひいて出かける。アクロポリスの城門の階段を、このおとなしい子をつれて登っていく……一万もの蠟燭の火が、夜の明けぬ間に墓へ帰りそこねたそれだけの数の鬼火のように、黎明の光の中で弱々しく輝く。まだ悪夢からさめやらぬヒッパルコスは、この白さに眼をしばたたき、アテーナイの子らのあどけない青い行列をぼんやりと眺める。突然、幼いイリーニのまだ形をととのわぬ顔が、大嫌いな男の面ざしに似ているのを彼は見てとる。この主権者は逆上して、あの厭わしい眼をあつかましくも自分のものとしている幼い娘の腕をつかんでゆさぶり、彼の夢を毒するあのならず者の妹を、眼の屈かぬところへ追い放ってしまえとわめきたてる。子供はがっくりと膝をつき、ひっくりかえった花籠は紅い中味をぶちまける。小娘の面輪に重なる忌わしくかつ神々しい似顔が涙でよごれる。天空がその不変の心情の如くに黄金である時刻に、善良なレナが、髪を乱し籠をもぎとられた少女を家につれて帰ると、ハルモディオスは目算通りのこの侮辱に喜び勇む。中庭の敷石にひざまずいたレナは、葬式の歌い手のように頭をゆすりながら、復讐(ネメシス)の神に似たこの非情の若者の手が彼女の額に置かれたのを感じる。僭主の吐いた暴言や脅し文句が、意味を解ろうともせずに無表情な声音で彼女がそれを繰返すとき、既成事実と反論の余地のない審判の平板さを帯びてくる。ひとつの罵言を聞く度に、ハルモディオスは顔をしかめ、憎々しげな微笑を浮かべる。相手を馬鹿にして名を問うことすらせぬこの神の面前で、彼女は存在することに、役立つことに、おそらくは大目にみてもらうことに、陶然と酔うている。まるで、第一の義務がすべての影を無くすことにあるかのように、ハルモディオスを手伝って、彼女は中庭に生い茂ったみごとな橄欖の樹の枝を切り払う。「花開く復活祭」のあの花束の中に台所用の大庖丁をかくした二人の男につれそって、彼女は庭を出る。イリーニの午睡（ひるね）の部屋の扉を閉め、鳩小屋の、蟬を飼っているボール箱の、夢と同じくらい深まったすべての過去の、扉を閉める。晴着姿の群集が、彼女にはもうどちらがどうとも見分けのつかなくなった二人の主人から、彼女をひきはなす。パルテノン神殿の建材置場にそって、処女神の宮殿をその未来の残骸に似たものに見せる、ぞんざいに粗削りした石塊の山に突当たりながら、彼女は二人のあとをつける。空が紅い顔を見せる頃、あの仲の好い二人伴れが、ひとりの神を抽き出すために人間の心臓を押し潰す機械（からくり）の中に吸いこまれるようにして、積み上げた円柱のかげに姿を消すのを見る。叫びが、爆音があがる。祭壇の上で腹をえぐられ、血と煥火とに覆われたヒッパルコスの兄は、祭司たちの検分に供するために自分の臓腑を捧げるかのようだ。致命傷を負ったヒッパルコスはまだ命令を咆えたて、命あるうちに倒れぬように一本の円柱に寄りかかる。城門の扉は、空虚へと通じていない唯一の出口をこの叛逆者どもに対してふさぐため、閉される。大理石と空とのこの罠にかかった陰謀者らはここかしこ走りまわり、堆高い神々につまずいてころぶ。脚を怪我したアリストゲイトーンは半獣神（パーン）の洞窟の奥で、狩り出し人どもに捕えられる。リンチにかけられたハルモディオスの体は、群衆の手で、血みどろな祭儀の最中におけるバッコスの体のように、ずたずたに切り裂かれる。政敵たち、あるいはたぶん信者たちが、この怖ろしい聖体（ホスティア）を手から手へ渡す。レナはひざまずき、ハルモディオスの髪の捲毛をエプロンの中にあつめる。まるでこれが主人に尽くすことのできる最も緊急な奉仕であるかのように。犬どもは彼女に襲いかかる。その手は縛りあげられて、たちまち家事の道具を使い馴れた手の様相を失い、さながらいけにえの手、殉教者の手となる。死者が三途の川（ステュクス）を渡る舟に乗るように、彼女は囚人護送車に乗る。恐怖に凍って澱んだアテーナイを横切ると、町では人々が裁かねばならぬことを恐れて、閉めきった鎧戸のかげに顔をかくしている。或る邸の前で車からおろされるが、病院風の、また牢獄風の外観からして、この邸が国家の主権者の宮殿であることがわかる。正門のあたりで、脚に怪我をしてよろよろと歩いてくるアリストゲイトーンとすれちがうが、すでに死者のようにガラスめいたその瞳をあげようともせずに、彼女は死刑執行人の群をやりすごす。隣の中庭の奥で響きわたる銃声も、彼女には、ハルモディオスの墓前での礼砲としかきこえない。石灰で白く塗った部屋に押しこまれるが、そこでは拷問にかけられる者が患者に見え、刑吏が生体解剖する医師の相を帯びる。担架に横たわったヒッパルコスは彼女の方に包帯した頭を向け、彼が未だにそれに飢えているところの唯一の真相を覆ってひきつったレナの女らしい手を手さぐりでとらえ、訊問が恋のささやきと見えるほど、低声で、顔も触れ合わんばかりにして、話しかける。彼は叛逆者の名を、自白を、求める。

彼女は何を見たか？　彼等の共犯者は誰か？　二人のうちの年上の方が年下の者を、この死への競走へ連れ出す役割を果たしたのか？　拳闘家はハルモディオスの手先にすぎなかったのか？　ヒッパルコスを片づけるべく青年を駆りたてたのは恐怖だったのか？　君主が彼を嫌っていないこと、彼を宥していたことを彼は知っていたのか？　彼はヒッパルコスのことを度々話したか？　彼は悲しんでいたか？　同じ神に憑かれ、同じ病に死につつあるこの男とこの女との間に、絶望的な親密さが生じる。彼等の光の失せたまなざしは二人の不在の者に向けられている。訊問を受けるレナは、歯をくいしばり、唇を嚙む。彼女の主人たちは、彼女が皿を運んでくると、口をつぐんだのだ。彼女は門の近くの牝犬のように、彼等の人生の戸口にとどまっていたのだ。記憶をもたぬこの女は、自尊心から、自分がすべてを知っており、主人たちは当てにできる秘密の隠匿者として自分に心を打ち明けたこと、彼等の過去について語りうる者は自分だけであること、を信じさせようと努める。刑吏どもはその沈黙を手術するためにレナを拷問台に寝かせる。そしてこの炎を水責めで脅かし、また、この泉を火責めの刑で苦しめようなどと口にする。自分がいささかも共犯ではなく、下婢にすぎなかったという屈辱的な自白をしか自分からひき出さぬであろう拷問をレナは怖れる。喀血のときのように、彼女の唇からさっと血がほとばしる。持たなかった秘密を洩らさぬために、彼女は舌を嚙み切ったのである。

もっとはげしい火に焼かれて……疲れた獣のような私の腰を炎の鞭が打つ。私は詩人たちの隠喩の真の意味を再発見した。夜ごとに私は自分の血の火事の中でめざめる。

★

私は崇拝か放蕩しか決して知らなかった……何のことを言っているのだろう？
私は崇拝か憐憫しか決して知らなかったのだ。

★

キリスト教徒は十字架の前に祈り、十字架にくちづける。彼等にはその木片で事足りる、たとえそこに救世主が吊されていなくてもよいのだ。受難者に払われる敬意がしまいには卑しい責道具を高貴なものにしてしまう。人々の悲惨、堕落、不幸をあがめないのは彼等を十分に愛していないことである。

★

すべてを失っても私には神が残っている。もし神を失うとすれば私はあなたを見つける。巨大な夜と太陽とを同時にもつことはできない。

★

ガルエドの地でヤコブは天使と格闘した。この天使は神だ、というのは彼に敵対した男は組打ちに敗れ去り、敗北によって骨盤を脱臼してしまったからだ。金の梯子の段々は、まず最初に、この永遠のノックアウトを受け容れる者にしか提供されない。神は私たちを通りこすすべてのもの、私たちがそれについて勝ち誇らなかったすべてのものである。死は神であり、世界であり、神の観念である、それらのものの大きな羽搏きによってひっくりかえされるままになるあの馬鹿な格闘者にとってはそうなのである。あなたは神だ、あなたは私をうちのめすことができるだろう。

★

私は落ちることはあるまい。もう中心部に達したのだから。血と震動と息とに満ちた、生命のうすい肉の仕切りを通して、何かしら神聖な時計の音に私は聴き入る。夜、時おり人が一つの心臓のそばにいるように、私は事物の神秘的な核心のそばにいる。

# マグダラのマリア　あるいは救い

私の名はマリア、みんなはマグダレーナと呼びます。マグダラというのは私の村の名、私の母が畑をもち、父が葡萄園をもっていた里の名。私はそのマグダラの生まれなのです。正午に、私の姉のマルタは畑で働く人たちのところにビールの小壺を運ぶのでした。私は手ぶらで彼等のところへ行き、彼等は私の微笑をなめまわすのでした。彼等の視線は、私があともうほんの少しの陽ざしでかぐわしくなる熟れかけた果物であるかのように、私をまさぐるのでした。私の眼は睫毛の網に捕われた二匹の野獣、黒みがかった私の唇は血でふくれた蛭でした。鳩小屋には鳩がいっぱい、お櫃にはパンがいっぱい、銭箱には皇帝の肖像のついた貨幣がいっぱいでした。マルタは私の嫁入り衣裳にヨハネの頭文字をぬいとりするので眼が疲れきっていました。ヨハネの母親は漁場をもっていたし、父親は葡萄園をもっていました。ヨハネと私とは、結婚の日、泉の傍のいちぢくの木の下に坐って、自分たちの上にのしかかる七十年間の至福の耐えがたい重みを早くも感じていました。同じ舞踊の調べが私たちの娘の結婚のときにもひびくことでしょう。私はその娘が孕むであろう子供たちですでに自分が身重になっているのを感じていました。ヨハネは彼の幼年期の奥から私の方へやってきたのです。彼は彼の唯一の伴侶である天使に向かってあどけなく笑ったのです。私は彼のためにローマの百人隊長の求愛をしりぞけました。悲しい横笛の刺激的なひびきにあわせて娼婦たちが蝮のようにうごめいている居酒屋から彼は逃げ出したものでした。そして畑の娘たちの丸い顔からも眼をそむけていたのです。彼の潔白さを愛したのが私の最初の罪でした。私たちの先祖のヤコブが天使と格闘したように、私が目に見えぬ相手と闘っていたことに、そしてその勝負の賭金が、幾本かのわらがそこに光背を粗描きしている、この乱れ髪の少年であったことに、私は気づいていませんでした。私が愛する前に、そして彼が自分を愛する前に、もう一人の人がヨハネを愛していたことを知りませんでした。つまり、神が孤独な人々のやむをえぬ方便であることを、私は知らなかったのです。私は女部屋でもよおされた婚姻の宴にのぞみました。既婚婦人たちが私の耳にやり手婆みたいな忠告やら、娼婦のやり口やらをふきこみました。横笛は処女のように泣き叫び、打ち鳴らされる太鼓は心臓のようになりひびきました。暗がりにごろごろして、うすぎぬの包みとも、乳房のぶどうの房ともしれぬ女たちは、ねばっこい声で、花婿を受け容れる激しい幸せについて私を羨むのでした。中庭で喉を切られる羊たちはヘロデ王の屠殺人の手にかかるいたいけな幼児のように泣いていました。私は遠くの魅惑的な仔羊の啼き声をきかなかったのです。夕餉の煙が高い部屋の中のすべての輪廓をぼかし、灰色の光がもろもろの形象の意味と事物の色とを失わせました。男たちの食卓の下座の方に、貧しい親類たちにまじって坐っているあの白い浮浪者、いちど触れるだけで、いちどのくちづけで、彼等にこの世のすべてから我が身をひき離すことを強いるあのおそろしい癩の一種を、若者たちに感染させているあのひとを、私は目にとめませんでした。慾望の放棄を罪と同じくらい甘美なものにするあの誘惑者の存在を私は見抜けなかったのです。人々は扉を閉め、悪魔を痺れさせるために香を焚きました。そして私たち二人だけを残して立去りました。眼をあげてみると、まるで歓び賑わう公衆のひしめく広場を横切るようにしてヨハネが自分の婚姻の宴を横切ったにすぎないことがわかりました。苦悩のゆえにのみ彼はふるえていたのですし、恥かしさのゆえにのみ蒼ざめていたのです。彼が怖れていたのは神を所有することのできぬ魂の衰弱だけでした。ヨハネの顔にうかぶ慾情のつくる渋面と嫌悪のしかめ面とを区別することが私にはできませんでした。なぜなら私は処女でしたし、その上愛する女というものはみな罪の無いあわれなものにすぎないのです。自分が彼にとって最悪の肉の過失、慣習によって認められた合法的な罪、恥ずることなしにそれに耽ることが許されているだけに一層下劣な、有罪の宣告を受ける恐れがないだけに一層恐るべき罪を体現していたのだということを、後になってやっと私は理解しました。決して手に入れることができぬという秘かな希望を抱いて言い寄ることのできる、最もあいまいに覆われた娘として、彼は私をえらんだのでした。もっと手に入りやすい好餌に対する彼の嫌悪を私は身を以てあらわしていたのです。それなのにその臥床の上に坐って、私はもはや男の言うなりになる従順な女にすぎませんでした。私を愛することが彼にはできぬという事実から、私たちの間には、二人の人間の間の信頼をうちこわし、性愛を正当なものとするあの両性の対照より以上に強い近似がつくり出されたのです。つまり、二人とも、私たちの意志よりも強い一つの意志に譲歩し、身をゆだね、捕えられることをねがっていたので、私たちは一つの新しい生命を産み出すためにありとあらゆる苦悩を迎えに行ったのです。長い髪を垂らしたこの魂は花婿の方に駆けよるのでした。彼は自分の息で次第に曇ってくる窓ガラスに額をもたれかけていました。星をみつめることに疲れた両眼はもう私たちをうかがってさえいませんでした。敷居の向う側で聞き耳を立てていた女中は、多分、私のすすり泣きを愛慾のむせび泣きときいたことでしょう。誰かが死んでゆく家の前でよく起ることですが、夜の闇の中に一つの声がたちのぼり、三度くりかえしてヨハネを呼びました。ヨハネは窓を開け、闇の深さを測るためにのり出した身をかがめ、そして神を見たのです。私は闇だけしか、つまり神のマントしか見ませんでした。ヨハネはシーツをみな引剝がし、それを結び合わせて綱をこしらえました。火にむらがる羽虫が地面の上で星のようにきらきらしていて、彼はまるで空に落ちこんでいくみたいに見えました。神の胸よりも女のほうをえらぶことのできぬこの脱走者を私は見失ってしまいました。私は脱出だけしかそこで行なわれなかった寝室の扉を、用心ぶかく開けて、玄関でいびきをかいている会食者たちを跨いで行きました。帽子掛けからラザロの頭布をとりました。土の上に神聖な足裏の跡をさがすには、あまりにも夜は黒すぎました。私がつまずいた敷石は、学校からの帰りしなに片足でケンケンして跳んだ敷石ではありませんでした。生まれてはじめて、私は家庭をもたない娘たちが外側から見るようにして、家々を眺めました。いかがわしい小路の角で、みだらな忠告がまたしても取りもち婆の歯抜けの口から洩れ出ました。市場のアーケイドの下では酔払いの吐瀉物が私に婚姻の宴の葡萄酒の水溜めを想い出させました。夜警の眼をのがれるために、宿屋の木の廊下ぞいに、ローマ士官の寝室まで走って行きました。その荒々しい男は、ラザロの食卓で私の健康を祝して乾盃を重ねたあげくの酔いがまだ残っていて、私を開きにかかりました。たぶん彼はいつも一緒に寝る習慣になっている淫売婦たちの一人と私をとりちがえたのでしょう。私は顔の上に黒い毛織の頭巾をかぶったままでした。体のことに関しては私は彼の自由にさせました。彼が私をそれと認めたとき、私はすでにマリア・マグダレーナでした。ヨハネが私を婚礼の祝宴の夜、見すてたことを私はかくしていました。彼の欲望の葡萄酒に、味気ないあわれみの水をまぜねばならぬと彼が思いこまないようにです。私の蒼白い婚約者のいつも組み合わせた長い手よりも彼の毛むくじゃらの腕を好んだのだと、彼に信じさせておきました。私は彼の神との駆落ちの秘密をヨハネのために守ったわけです。村の子供たちは私の居場所を発見し、私は石を投げられました。ラザロはそこにヨハネの死骸が揚がるものと思いこんで、水車場の沼の底をさらえさせました。マルタは宿屋の前を通るとき、うなだれていました。ヨハネの母親は一人息子のいわゆる自殺事件について私を詰問しにきました。私は自己弁護をしませんでした。あの失踪者が私を夢中で愛していたと、みんなに信じさせておく方が、まだしも屈辱が少ないと思ったからです。翌月、マリウスはパレスティナの第二師団にガザで合流するよう、指令を受けました。いつの世にも予言者や、貧乏人や、帰休兵や、救世主たちのためにとっておかれる三等座席を、火の車のなかに一人分とるだけの金を私は工面できませんでした。宿屋の亭主は皿拭きをさせるために私をひきとめました。その主人から私は慾望の料理法を学んだのです。ヨハネに軽蔑された女が最低のけだものにまで一足とびに転落していくのは私にとって快いことでした。一突きごとに、一つの接吻ごとに、私の情人が愛撫しているのとはちがった一つの顔、胸、体が形づくられていきました。或るベドウィン族の駱駝曳きが、抱擁の報酬とひきかえに、私をジャッファへ連れていくことを承知してくれました。また、マルセーユ生まれの或る船主が私を自分の船に乗せてくれました。船尾(とも)にねころんで、私は泡立つ海の熱い身震いに身をゆだねたものでした。アテーナイの港の酒場では、ギリシア人の哲学者が智慧をもう一つの放蕩として教えてくれました。スミュルナでは、ある銀行家の気前よさのおかげで、牡蠣の癌や野獣の毛皮が裸の女の肌に付け加える優雅さを知りましたが、そんな風にして、私は渇望されると同時に羨まれる者であったわけです。イェルサレムでは、ひとりのパリサイ人が、剝げ落ちることのない脂粉のように偽善を用いることに私を慣らしました。カイサリアの陋屋の奥で、体の麻痺を癒やされた男が私に神のことを語りました。おそらく自分を天に連れもどそうと苦労している天使たちの歎願にそむいて、神は祭司たちを嘲弄したり、金持を侮辱したり、家庭内に不和をかもし出したり、姦通した人妻の弁護をしてやったり、到るところで救世主としての彼のいかがわしい職務を遂行しながら、村から村へとさまよいつづけているのでした。永遠それ自体にも流行の時期があるもので、パリサイ人シモンまでが、いつもならば有名人しか招待しない火曜日に、神を招こうというきまぐれを思いつきました。この恐るべき友に、それほど無邪気でないライヴァルとしてわが身を与えるためのみ、私は堕落を重ねてきたのです。神を誘惑することはヨハネから彼の永遠の支柱を奪いとることであり、彼の肉のすべての重みをふたたび私の上にのしかからせるよう、ヨハネを強いることでした。神がいないからこそ私たちは罪を犯します。私たちが被造物で間に合わせるのは、完全なものが何ひとつ私たちに現われないからです。神がひとりの人間にすぎぬことがわかったら、ヨハネにはもう私の乳房よりも神をえらぶ理由がなくなるでしょう。私はまるで舞踊会に行くときのようにお化粧をし、臥床に入るときのように香水をつけました。宴の間に私が入って行くと、人々はあごを動かすのをやめました。使徒たちは私のスカートに触れて悪いものに感染することを恐れて、ざわめきながら立ち上りました。というのも、この善人たちの眼には、私はまるで絶え間なしに出血しているみたいに汚れたものに見えたからです。ひとり神だけが革の腰掛けの上に横になったままでした。本能的に、私は、地上のあらゆる地獄の道を歩いたために骨まですりへったその足、星の虱のむらがるその髪、彼の天空の唯一の残された断片のような大きく澄んだ眼を、それと見分けたのでした。あのお方は苦悩のように醜く、罪のように汚れていました。私はひざまずき、唾をのみこみながら、この神の失意の恐るべき重みに対して一つの厭味を口にすることもできずにいました。直ちに私は彼が私から逃げないからには、彼を誘惑することはできないことを悟りました。自分の過ちの裸形をよりよく覆うためであるかのように、私は髪をほどき、私の想い出の香油の瓶を彼の前で空にしました。私にわかったことは、掟の外にいる神が、ある朝、暁の門の外にぬけ出し、もうふたりしかいないことに驚いている三位一体の位格たちを置き去りにしてきたのだということです。このお方は過ぎゆく日々を宿として、彼に魂を渡すことを拒むけれどもあらゆる触知しうる歓びを彼に要求する無数の行きずりの人々に惜し気もなく自分を与えてきたのです。彼は追い剥ぎどもと道連れになることや、癩病やみとの接触や、警察官たちの傲岸無礼などに耐えてきたのです。要するにこのお方は私同様、万人のものであるという苛酷な運命を受け容れていたのです。彼は私の頭に、もう血の気のすっかり失せた死人のような手をおきました。人は隷属の状態を変えるだけで、脱け出ることは決してせぬものです。悪霊が私から去るや否や、私は神に憑かれた者となりました。ヨハネは私の人生から消え去ってしまい、あの福音書作者はまるで私にとっては先触れする者にすぎなかったかのようでした。御受難（＝情熱）の前に、私は恋を忘れたのです。私は最悪の倒錯として純潔を受け容れ、牧者への愛に凍えた羊の群である使徒たちにまじって、野中に身を横たえ、夜露と涙にふるえながら幾夜もの白夜をすごしました。蘇らせるために予言者たちがその体の上に臥すあの死者たちを私は羨んだものです。私は驚くべき癒しの業の際にあの神々しい接骨師の手伝いをし、生まれながらの盲人の眼に泥をこすりつけたりしました。ベタニアでの食事の日には私の代わりにマルタに働いてもらいましたが、これは、私がいなくなった留守に、空いた腰掛の上にヨハネがあの天上的な膝と向かい合って坐りに来はせぬかと恐れたためです。私の涙、私の泣き声が、あのやさしい催眠術師にラザロの第二の誕生をかちえさせました。細い布で包帯されたあの死人は、墓の出口に最初の数歩をふみ出したとき、ほとんど私たちの子供だったのです。私はあのお方のために弟子をつのりました。最後の晩餐の食器を洗った水の中に自分の蒼白い手をひたしました。そして贖いの行為が成就される間じゅう、橄欖樹の広場で見張っていました。私はあの方を愛し切っていたので、彼を失うことを歎くのをやめました。そして愛情から、あの失意、彼を神にする唯一のものであるあの失意を、ますますぬきさしならぬものにするよう心がけたのです。救い主としての彼の経歴を台無しにしないために、私は彼が死ぬのを見ることに同意したのです。ちょうど情婦が愛する男の立派な結婚に同意するように。そしてあの「躓き」の広間で、ピラトが私たちに強盗か神かどちらかをえらばせたとき、私は他の連中と同様、バラバを赦免せよと叫んだのです。私は彼が永遠の婚姻の垂直の臥床によこたわるのを見ました。縄でしばられるおそろしい結合に立ち合い、海の苦みにひたされたあの海綿のくちづけにも、また、彼がすべての未来を吸いに起き上りはせぬかと恐れて、あの崇高な吸血鬼の心臓を貫こうと努める兵士の槍の一撃にも、私は立ち合いました。時の門口に釘づけされたあのやさしい猛禽が私の額の上でふるえるのを感じました。死の凪が帆布のように引き裂かれた空を窪ませ、世界は十字架の重みにひきずられて夕べの側へ傾いていきました。過誤によって沈められた蒼白の船長は三本マストの帆船の帆桁に吊るされていました。こうして大工の息子は彼の永遠の父の計算違いを償ったのです。あのお方の受けた責苦から何ひとつ善いことは生じないだろうということを私は知っていました。この処刑の唯一の結果は、人が神を厄介払いできることを人間に教えることであったでしょう。あの神々しい受刑者は地上に無益な血の精子をまきちらしたにすぎません。偶然の錘をつけた骰子（さいころ）は番兵どもの拳の中で空しく振られ、無限の御衣の襤褸は一枚の服を作るにも足りませんでした。空しく、私はあの方の足に私の髪の酸素を含んだ波をそそぎ、空しく、神を孕んだただひとりの母御を慰めようとしました。女らしい、牝犬らしい私の泣き声は私の死んだ主人にまではとどかなかったのです。少なくともあの二人の盗人は同じ苦しみを頒ちもっていました。そこを通ってこの世のあらゆる苦悩が過ぎてゆくその主軸の下で、私は彼とディマスとの対話を邪魔することしかできませんでした。人々は梯子を立て、綱を引きました。神は熟れた果実のように十字架から落ちてきました。墓土の中でもうすぐ腐りそうな様子で。今こそはじめて、生気の失せたあのお方の頭は私の肩にもたれ、その心臓の汁液は葡萄摘みのときのように私の手をべっとり赤く染めました。アリマタヤのヨゼフが、ランタンを手に、私たちの前を進み、ヨハネと私とは、人間以上に重いこの死体を担って身をかがめて歩きました。兵士たちの助けを借りて私たちは墓穴の口に石臼を据えました。町にようやく帰りついたのはもう肌寒い日暮れどきでした。いつに変わらぬ店屋や、芝居小屋や、横柄な酒場のボーイや、御受難を三面記事で扱っている夕刊やらを見て私たちは呆然としていました。その夜は娼婦として私のもっていた布のなかでいちばん美しいものをえらぶことで過ぎてゆき、夜が明け初めると私は香水をできるだけ安値で買うようにマルタを使いにやりました。ペテロの後悔をまざまざと蘇らせるかのように、鶏が鳴きました。日が昇ったことにびっくりして私は町はずれへと道を辿りましたが、みちみち、林檎の樹はあの過失を想い起こさせ、葡萄の樹はあの贖罪を想い起こさせるのでした。風は北から吹いていましたが、神の死骸の臭気はにおってきませんでした。不朽の天使である追憶にみちびかれて、私は自分自身の最も深い箇処にうがたれたあの洞穴に入って行き、われとわが墓に近づくようにしてあの死体に近づいて行ったのです。私は復活の希望を、甦りの約束を、すっかりあきらめていました。私が気づかなかったことですが、重しの石臼は、何かしら神的な内部からの動揺の結果、真二つに裂けていました。神は不眠の寝床から起き上るようにして死から立ち上ったのでした。崩れた墓は庭師から恵んでもらったあのお方の衣をぶらさげていました。生まれてからこれが二度目の経験ですが、私は、またしても不在の者しか眠っていない臥床の前に立っていたのでした。お香の粒は墓室の土の上をころがって、夜の底に落ちて行きました。まわりの壁は飢えをみたされぬ屍肉食いの鬼のような私のわめきをこだましました。自分自身を抜け出すとき、私は出口の上にはりわたした石に額をぶっつけました。水仙の雪はどんな人の足跡にも汚されずにありました。神を盗みにきた人たちは空中を歩いたわけです。地面にかがみこんだ庭師が花壇の雑草をむしっていましたが、太陽と夏の光背をつくっている大きな麦わら帽子をかぶった頭をもたげました。私はその前にひざまずき、心臓の実質が全身に拡がるのを感じながら、恋する女たちのあの甘美なわななきに身をゆだねました。あのお方は私たちの過ちを消し去るに役立つ熊手を肩にかつぎ、運命の女神（パルカエ）たちがその永遠の弟に預けた糸巻きと鋏とを手にしていました。彼は多分木の根の路をつたって地獄へ降りてゆく支度をしていたのでしょう。彼はいらくさの悔恨の秘密や、地虫の断末魔の秘密を知っていました。あの方の肌は死の蒼さをとどめていたので、その姿には百合に変装したような風情がありました。私は彼のする最初の動作が、慾望に感染したこの罪深い女を自分からひきはなすためのものであることを見抜き

郵便はがき

料金受取人払

本郷局承認

5788

差出有効期間
2025年1月
31日まで

113-8790

（受取人）

東京都文京区
本郷7-2-8
吉川弘文館　営業部内
〈書物復権〉の会　事務局行

| ご住所　〒<br><br>TEL | |
|---|---|
| お名前（ふりがな） | 年齢<br>代 |
| Eメールアドレス | |
| ご職業 | お買上書店名 |

※このハガキは、アンケートの収集、関連書籍のご案内のご本人確認・配送先確認を目的としたものです。ご記入いただいた個人情報は上記目的以外での使用はいたしません。以上、ご了解の上、ご記入願います。

# 10出版社　共同復刊
# 〈書物復権〉

岩波書店／紀伊國屋書店／勁草書房／青土社／創元社

東京大学出版会／白水社／法政大学出版局／みすず書房／吉川弘文館

の度は〈書物復権〉復刊書目をご愛読いただき、まことにありがとうございます。

書は読者のみなさまからご要望の多かった復刊書です。ぜひアンケートにご協力ください。

ンケートに応えていただいた中から抽選で10名様に2000円分の図書カードを贈呈いたします。

2024年1月31日到着分まで有効）当選の発表は発送をもってかえさせていただきます。

お買い上げいただいた書籍タイトル

この本をお買い上げいただいたきっかけは何ですか？
. 書店でみかけて　2. 以前から探していた　3. 書物復権はいつもチェックしている
. ウェブサイトをみて（サイト名：　　　　　　　　　　　　　　　　）
. その他（　　　　　　　　　　　　　　　　　　　　　　　　　　　）

●よろしければご関心のジャンルをお知らせください。
. 哲学・思想　2. 宗教　3. 心理　4. 社会科学　5. 教育　6. 歴史　7. 文学
. 芸術　9. ノンフィクション　10. 自然科学　11. 医学　12. その他（　　　）

●おもにどこで書籍の情報を収集されていますか？
. 書店店頭　2. ネット書店　3. 新聞広告・書評　4. 出版社のウェブサイト
. 出版社や個人のSNS（具体的には：　　　　　　　　　　　　　　）
. その他（　　　　　　　　　　　　）

●今後、〈書物復権の会〉から新刊・復刊のご案内、イベント情報などのお知らせをお送りしてもよろしいでしょうか？
1. はい　　　　　　　2. いいえ

●はい、とお答えいただいた方にお聞きいたします。どんな情報がお役に立ちますか？
1. 復刊書の情報　2. 参加型イベント案内　3. 著者サイン会　4. 各社図書目録
5. その他（　　　　　　　　　　　　　　　　　　　　　　　　　　　）

●〈書物復権の会〉に対して、ご意見、ご要望がございましたらご自由にお書き下さい。

ました。この花々の宇宙の中で私は自分がなめくじみたいな女であることを感じました。空気はとても涼しくて、さしあげた掌はガラスにおしつけたような感触がしました。私の死んだ主人は時の鏡の向う側に去ってしまったのです。私の息吹きは偉大な姿をくもらせてしまい、神は朝のガラスに映った影のように消え失せてしまいました。私の不透明な肉体はこの甦った人の妨げにはなりませんでした。めりめりという音が多分私の奥底からきこえてきて、私は腕を組み合わせ、自分の心臓の重みに曳かれて倒れました。ところで、私がそうやって今破ったばかりのその鏡の背後には何もなかったのです。私はまたしても、寡婦よりもさらにうつろで、棄てられた女よりもさらに孤独でした。遂に私は神の兇暴さのすべてを識ったわけです。神は私から一人の被造物への愛を奪ったにすぎませんでした。神はかつて、妊娠の嘔気を、産褥の眠りを、老婆となって村の広場でする午睡も、子供たちに横たえてもらう囲いの奥の墓を、そういうものをかけがえのないものと思う年頃に、私からとりあげておしまいになりました。無邪気さだけでなく、過ちまでも私から帳消しにしてしまい、私が娼婦の生き方をはじめるや否や、檜舞台に出たり皇帝を誘惑したりする機会を私から奪っておしまいになったのです。屍骸だけでなく、あのお方は御自分の幻までも私からとりあげてしまわれた。私が夢をむさぼることすら快しとしなかったのです。ひどく妬みぶかい男のように、私が肉慾の臥床に堕ちる危険を冒す因となったあの美貌を台無しにしてしまわれたので、いま私の乳房は垂れさがり、私は神の年老いた情婦である死神に似ています。ひどい偏執狂の恋人のように、あのお方は私の涙しか愛さなかったのです。けれども、私からすべてをとりあげたこの神は、私にすべてを与えてはくださいませんでした。私は無限の愛のちっぽけなかけらしか受け取りませんでした。最初に来た者として、私はあの方の心臓を他の人たちと頒ちあいました。昔の私の恋人たちは私の魂のことなんか気にかけずに、私の体の上に寝たものですが、天上の心の友ときては、この永遠の魂を活気づけることしか念頭になく、従って私の半分は苦しむことをやめませんでした。とは言うものの、あのお方は私を救ったのです。あのお方のおかげで、私は歓びの中の汲み尽せぬ唯一のものである、不幸の分け前しかたのしむことはありませんでした。私は家事や、寝床のきまりきった繰返しや、金銭の死の重みや、成功の袋小路や、栄誉を得る満足感や、汚辱の魅力などからまぬがれています。マグダレーナの愛を受けるべく宣告されたあのお方は天上へと逃げ去り、私は神にとって必要なものとなるという味気ない過誤を避けることができました。神の大波に揺られるままになるとは我ながら上出来でした。主の御手によって自分が作り直されたことを悔みはしません。彼は私を、死からも、悪からも、罪からも、救いませんでした。というのは、人が救われるのはそれらによってであるからです。あのお方は私を幸福から救い出したのでした。

あなたに逢うと、すべてが澄みきってくる。私は苦しむことを受け容れる。

★

それであなたは行ってしまうの？　行ってしまうの？　……いいえ、行ってしまいはしない、私がひきとめている……私の手の間にあなたはマントのように魂を置き去りにして行く。

★

近い？　いいえあなたは身近い。自分のことのように私はあなたのことを嘆く。

★

神々の世界の出である青年たちを識った。彼等の動作は星の軌道を想わせる。斑岩でできたその心臓が不感無覚であるのに気づいても人は驚かなかった。もし彼等が手をさし出せば、それら魅惑的な乞食の貪慾さは神々の悪徳なのだった。すべての神々と同様、彼等は狼や山犬や蝮との物騒な近親関係を示していた。首を斬られたら、彼等は首無しの大理石像のような蒼白の様相を呈したであろう。女たち、娘たちはマドンナの国からくる。最悪の女でさえ、未来の十字架刑を約束された子供のような希望をはぐくんでいる。私の友達の或る人々は、一種のインドか中国奥地のような、賢者の国の出である。彼等のまわりの宇宙は煙のように消散し、事物の像が映るこれらの冷たい池の近辺を、夢魔が飼馴らされた虎のようにうろつきまわる。恋人よ、私の非情な偶像よ、私の方にさしのべるあなたの腕は翼の骨組みをもっている。私はあなたから私の徳性をつくり、甘んじてあなたのうちに**支配**と**権力**とを見る。心臓の推進機（プロペラ）をつけたこの怖ろしい飛行機に私は身をゆだねる。私たちが一緒にうろつく陋屋の中では、あなたの裸の体は、あなたの魂を見張る役をつとめる**天使**のように見える。

★

神よ、御手に私の肉体をゆだねます。
歓びに狂う、と人は言う。悩みに賢い、と言うべきであろう。

★

所有するとは識ると同じことだ。この点で聖書はつねに正しい。恋は魔術師（ソルシエ）だ、秘密を知っているから。恋は水脈占者（スールシエ）だ、源泉を知っているから。冷淡は片目で、憎悪は盲だ。冷淡と憎悪とは侮蔑の溝に共々つまずく。冷淡は知らぬ、愛は知っている。愛は肉体を判読する。一人の人間を裸で観照する機会をもつためには彼をたのしまねばならぬ。最も凡庸な、最低の人間ですらも、天上の神に永遠の犠牲を思いたたせるに価するものだということを理解するためには、あなたを愛することが私には必要だった。

★

六日があり、六ヵ月があり、六ヵ年があった。六世紀があるだろう……　ああ、時をとどめるために死ぬ……

## パイドーン　あるいは眩暈

聞いてくれ、ケベス……ぼくは低い声で話す。というのもぼくたちが自分自身に耳傾けるのは、低い声で話すときに限るのだから。ぼくは死んでいくのだ、ケベス。首を振らないで。そんなことはわかっている、人は誰でも死ぬのだ、などと言わないでくれ。きみたちにとって時間は何のねうちもないものだ、きみたち哲学者にとっては。とはいうものの時は存在するのだよ、時はぼくたちを果物のようにゆたかにみのらせ、草のように枯らすのだもの。恋する者にとっては時はもう存在しない、なぜなら恋人たちは愛する相手に与えるためにわれとわが心臓をむしりとるのだから。だからこそ彼等は愛人以外の何万もの男女に対して無感覚なのだ。だからこそ彼等は泣いたり絶望したりしながら安全でいられるのだ。そして、愛された者は、その血みどろな時計の脈動がのろくなることから、老年と死とが近寄るのを見てとる。苦しみ悩む者にとって時は存在しない。時はあまりにすさまじい勢いで過ぎるので無に帰してしまうのだ。それというのも苦しみにさいなまれているときには、一刻一刻が数世紀の嵐だからだ。一つの悩みごとにぶつかる度に、ぼくはその悩みにほほえんでもらうために急いでそれにほほえみかけたものだ。するとすべての悩みが、今までその美しさに気づかなかっただけに一層美しい女の顔のように、輝きわたるのだった。ぼくは苦悩について、その反対のものが教えるところのものを知っている、同様に、死を照らすいささかの光をすでに得たおかげで、生についても多少の知識をもっている。泉をみつめるナルキッソスのように、ぼくは人の瞳にわが身を映した。そこに映る姿はとても輝かしいものだったから、ぼくはそれほどの幸せを人に進んで与える気になっていた。ぼくを愛した人の眼に教えられて、ぼくは愛についていささかの知識をえた。むかし、エーリスで、賞讃の呟きにかこまれながら、ぼくは周囲の人々の微笑が次第次第におののきふるえるその度合いで、自分の青春の進み工合を計ったものだ。肥沃な土の上に寝るように、おのが民族の過去の上に身を横たえて、ぼくは黄金の掛ぶとんのようにわが身の富を身にまとうていた。燈台の火のように星辰は回り、花は果実となり、堆肥は花となるのだった。配偶をえた人々は、徒刑囚のように、あるいは村の夫婦者のように、通り過ぎていった。慾望の笛と死の太鼓とは、踊り手に決して事欠かぬ悲しいワルツの律動を奏していた。みなが真直ぐだと信じている路は、未来の中心に横たわったこの少年の眼には、円環をなすものと見えたのだ。ぼくの髪は波うち、睫毛はいつもまぶたの囚(とりこ)であるぼくの眼を覆っていた。闇の中の暗い眼には黒と見えるが、ひとたび太陽が死者の国に昇ると、赤い流れがあらわになるあの地下の国の河のように、ぼくの血は無数の迂余曲折の流れをたどっていた。暗い巣を求める鳥のようにぼくの性はわなないていた。ぼくの生長はぼくの周りの空間を青い殻のようにはり裂けさせていた。ぼくは立ち上っていた。学校の壁に押しもどされた両手を夜の中にさしのべ、兆(きざし)を摘みとろうとしていた。ぼくの身内に神的な重力のような動きが生まれつつあった。春の雨はぼくの裸の胴にふりそそいでいた。ぼくの足のうらは、いつかぼくをひきとるであろう宿命の大地とぼくとの、唯一の接触点だった。命に酔いしれ、希望によろめき、倒れそうになって、ぼくはたまたま通りあわせた遊び仲間のなめらかなやさしい肩にもたれかかった。ぼくらは一緒に倒れたが、ぼくらが愛と呼んだのはこのもつれあいだった。ぼくのかよわい愛人たちは、ぼくにとって、心臓を射ぬかなければならぬ標的にすぎなかった。あるいは、頸を撫でる手をゆっくりとずらしながら、蒼白い肌の木理（もくめ）の下に血の赤い組織が透きとおるまで撫でさすってやらねばならぬ若駒たちにすぎなかった。そして最も美しい若者ですら、ケベスよ、賞品か、あるいは勝利の分捕品、そのすべての命を注いでさし出される甘い盃にすぎなかったのだ。他の若者たちに至っては、垣であり、障害物であり、砦をかこむ青い柴束の背後に隠された堀なのだった。盲の家庭教師につきそわれて、ぼくはオリュンピアに旅立ち、そこで子供の部の競技で賞をかちえた。もっともその賞の金糸の髪紐はぼくの金髪にまぎれて突然見えなくなってしまったけれども。ぼくの拳（こぶし）がもちあげた円盤は、標的とぼくとの間に、一枚の翼の純粋な曲線を描き、ぼくの露わな腕のしぐさに一万人の胸ははずんだ。夜、父の館の屋根の上に身を横たえて、ぼくは暗い砂に覆われたオリュンピア競技場のような天空に旋回する星辰を眺めたが、しかし星のたたずまいから自分の未来を推量しようとしたのではない。ぼくの未来の日々は、闘技士の愛撫や、親しげな拳固のこづきや、何かしら幸福に向かって駈ける馬たちからは、はみ出るように思えたのだ。突然、生まれ故郷の町の城壁の下からけたたましい音がきこえ、煙の幕が空のおもてを覆った。火柱が石柱にとって代わった。厨では皿の割れる騒がしい音が、犯される下婢たちの叫びを覆いかくし、壊れた竪琴は酔払いの腕に抱かれた処女のように呻いた。ぼくの両親は血のりを塗られた廃墟の中へ消えうせてしまったのだ。ここに起こったことはまことの攻略なのか、現実の火事なのか、本当の虐殺なのか、それともこの敵どもは恋人たちにすぎないのか、また火がついたのはほかならぬぼくの心臓ではなかったのか。ぼくには何もわからぬうちに、すべては揺れ、すべては倒れ、すべては無に帰してしまった。蒼ざめ、裸で、黄金の楯にわが身の恥を映しながら、ぼくは自分の過去を踏みにじったことでこれらの美男の仇敵たちに感謝していた。すべては鞭打ちと奴隷としての捕囚の光景で終りを告げたが、ケベスよ、ここにもまた愛の一つの結果があるのだ。ひと儲けしようというわけで、突然の襲撃に攻めとられたこの町に商人たちがむらがり寄ってきた。公共広場にぼくが突立っていると、平原や、ぼくの犬がもう鹿を追うこともない丘や、もうぼくが処分することもない果物で満ちた果樹園や、紫の絹地の上をぼくの憩いの舟がもう漕いでいくこともない海の波やらを伴って、世界は巨大な車輪のようにぼくの周りを回転し、ちょうどぼくはその車輪に縛られ車責めの刑に処せられているようにめまいがした。市場のほこりっぽい平場(ひらば)は、奴隷たちの腕と脚と乳房とでもりあがり、その肉の堆積を槍の穂が掘り起こしていくのだった。ぼくの顔は汗と血が流れていたが、陽光を受けて顔をしかめると、ほほえんでいるように見えた。蠅の黒いかさぶたがぼくらの火傷にへばりついた。耐えがたい土の熱気のために、足を片方ずつもちあげないわけにいかなかったので、ぼくはまるで恐怖のあまり踊っているように見えた。ぼくは眼をとじて、猥らな瞳に映るぼくの姿を見ないようにした。ぼくの美貌についてあれこれと下卑た注釈をつける声がそれ以上きこえないように、いっそ聾になりたいと思った。屍臭ですらそれと比べれば芳香と思えるほどの、ひどい魂の悪臭を嗅がないようにに鼻をつまみたかった。最後に、ぼくの従順さの厭わしい味を口の中に感じないように、あらゆる味覚をなくしてしまいたかった。しかし両手を縛られていて死ぬこともできなかったのだ。一つの腕がぼくの肩のあたりに触れてきたが、それはぼくを支えるためで、愛撫するためではなかった。足の鎖がはずされた。渇きと陽光にうんざりして、ぼくは恥ずべき境涯にすら入れなかった人々がそこで野垂れ死にして果てるであろうこの人肉の市の外へ、その未知の人に蹤いて出て行った。ある家に入ったが、土をこねてつくったその壁は泥くさい涼しさを多少保っていた。寝床にするようにと、一山のわらをもらった。ぼくを買った男はぼくの頭をささえてたった一口の水をのませた。革袋にはもっと水があったのにね。最初ぼくに恋心を抱いているのだと思ったが、彼の手は傷口に繃帯するためにしかぼくの体をさわりはしなかった。次にぼくに香油をぬりながら彼が泣いていたので、優しさからだと思った。しかしまちがっていたよ、ケベス、ぼくの救い主は奴隷商人だったのだ。泣いたのは、傷痕のせいでアテーナイの淫売屋にぼくを最高の値段で売れないからなのだ。彼はぼくと情交したいのを我慢していたが、それは、みずみずしいうちにできるだけ早く手放さねばならぬ、傷みやすい代物に、あまり執着することを恐れてのことだった。というのは、ケベス、美徳はみながみな同じ原因をもつのではないし、みながみな御立派というわけでもないからね。船からおろした他の奴隷たちに合流させるために、この男はぼくをコリントスの港へつれていった。歩かないですむように馬を貸してくれたよ。嵐のなかを浅瀬を歩いて渡らせたとき、そいつの家畜の幾頭かが溺れるのを、彼はどうすることもできなかった。ぼくらはコリントス海峡からの長い炎熱の路を乗物もなく歩かねばならなかった。ぼくらはみな、自分の影に触れるほどに地面の方に身をかがめ、重い荷物のように太陽を背負っていた。松林の曲り角で、地平がひらけ、アテーナイが見えた。若い乙女のように、海とぼくらの間に、はにかみながら身を横たえた町が。丘の上の神殿は薔薇色の神のように眠っていた。涙が、不幸に遭っても出なかった涙が、その美しい姿を見て流れ出た。その同じ日の夕方、ぼくらはディピュロン門をくぐった。街の通りは小便やすえた油や風に吹きよせられる埃のにおいがした。紐を売る商人が四つ辻に立ってわめきちらし、通行人に首をくくるチャンスを提供していたが、人々はそのチャンスを利用しないで行き過ぎるのだった。家々の壁にさえぎられてパルテノン神殿は見えなかった。娼家の戸口にはランプが燃えていた。その家はどの部屋も絨毯と銀の鏡がいっぱいだった。ぼくの牢獄があまりぜいたくなので、ここにいつまでも留まることを強いられはせぬかとぼくは心配になった。オリュンピア競技場での試合の朝よりももっと胸躍らせて、ぼくは低い卓子(テーブル)を据えた小さな広間に、踊りを踊るためにすべりこんだ。子供の頃、ぼくは野生の水仙の咲きあふれる野原で踊ったものだ。いちばんみずみずしい花の上に足をおくように気をつけてね。今、ぼくは、吐きちらされた痰の上で、オレンジの皮の上で、酔払いが落したグラスのかけらの上で、踊っているのだった。ぼくの染めた爪は燈火の輪に囲まれてきらめき、熱い肉料理の湯気や、唇から吐き出される湯気のために、お客の顔は彼等を憎めるほどはっきりとは見えなかった。ぼくは幻のために躍る裸の幽霊だったのだ。汚れた床を踵で蹴る度に、ぼくは若い王子としてのぼくの過去と未来とをどんどん深く蹴込んでいった。絶望的なぼくの踊りはパイドーンを足でふみにじったのだ。ある夕べ、ブロンドの唇をした男がやってきて、光に照らされた卓子の前に坐った。この家の亭主のお追従を聞くまでもなく、ぼくは彼がオリュンポス的な人神たちの一員であることを認めた。彼はぼくのように美しかったが、美はこの無数の相をもつ存在の一つの属性にすぎなかった。この存在にとっては神となるには不死性だけが足りなかった。ほろ酔いのその青年はぼくが踊るのを一晩中眺めていた。翌日もやってきたが、こんどは一人ではなかった。彼についてきた小柄な太鼓腹の老人は、子供たちがひっくり返そうと押倒しても鉛のおもりのためにまた立ち上る あの起上り小法師に似ていた。この企み多いでぶの男が、どんなに反論をうけても決してゆるがぬ重心と、枢軸と、固有の密度とをもっていることが感じられた。彼は半獣神の山羊脚で奇蹟的な跳躍をして絶対の上に身を置いたのだが、その絶対は、樹の幹のように具体的で漫画のように観念的な、自分自身の創造者となるまでに充足したこの人物の台座の役をつとめていた。このソフィストにとって、理性とは、彼がそこで諸々の形相を回転させて倦まぬ一種の純粋空間にすぎなかったのだ。いうなれば、アルキビアデースは神だったが、この街の放浪者は宇宙であるように思われたのだ。人々は彼のすりきれたマントの蔭に天上の山羊の足をさがすのだった。智慧でふくれたこの男は、魂の美徳と欠陥とが拡大されて映るレンズに似た大きな眼玉をギョロギョロさせていた。じっとみすえられると、まるでぼくの踵に彼の思考の翼が生えたみたいに、ぼくの脚の筋肉や骨やくるぶしが元気づけられるような気がした。下手な彫刻師の手で刻まれたこの半獣神（パーン）は、理性の笛で永遠の命の旋律を吹き奏でるのだったが、彼の前でぼくの踊りは、星辰の運行のように、一つの機能となるための口実であることをやめた。放蕩者の眼には叡智が崇高な錯乱と映るように、酒に酔った観客の眼はぼくの軽快さを放縦の極致と見たのだ。アルキビアデースは手を叩いてこの踊りの家の亭主を呼んだ。ぼくの保護者（パトロン）は多少の黄金にありつくためにもみ手をしながら進み出た。邪淫の中に安住しているこの男は若干の金貨（ドラクマ）をかせぐことだけを当てこんでいたのではない。人間の形をした粘土の奥に一つの悪徳を嗅ぎつける度に、彼はうまい儲け仕事にありつく希望を抱くと同時に、卑しい仲間意識に力づけられるのだった。生きた商品を客が鑑賞できるように、主人はぼくを呼びつけた。ぼくは彼等の卓子(テーブル)に向かって坐ったが、ぼくの失われた傲慢さに似たあの青年の傍らで、自由な子供らしいしぐさを本能的にとりもどした。ぼくを買いとるために、帯にしまってあった金貨を残らずはたいたあげく、アルキビアデースは彼の重い腕環を二つともはずした。翌日、彼はシケリアの戦争に出陣して行ったが、ぼくはすでに、危険と彼との間に自分の胸を優しい楯のようにさしはさむことを夢みていた。しかしこの気まぐれな若い神はソークラテースを喜ばすためにのみぼくをかち得たのだった。生まれてはじめて、ぼくは肘鉄を食ったような気がしたが、この屈辱的な拒否がぼくを叡智にひき渡したのだった。ぼくたちは、この前の豪雨で穴ぼこだらけになった街に、三人連れ立って出かけた。アルキビアデースは戦車の轟音の彼方に消えうせ、ソークラテースは角燈を手にしたが、この貧弱な星明りは空の冷たい星々の眼より助けになることがわかった。ぼくは新しい主人に従って彼の小さな家に入ったが、そこにはだらしのない恰好をした女が、罵りのことばで口をふくらませて彼を待ちうけていた。ろくに髪を梳いていない子供たちが台所でヒイヒイ泣き、寝台には虱がたかっていた。貧しさと老齢と、彼自身の醜さと、他の人々の美しさとが、この義人を、蝮の革紐で鞭うっていた。要するに彼もまたわれわれすべてと同じように、死を宣告された奴隷にすぎなかったのだ。多くの場合尊敬の欠如に他ならぬ家族の愛情なるものの卑しさが自分の上にのしかかっているのを彼は感じていた。しかし諦念の力によって解放される代わりに、墓室の低い天井に額をぶつけるのをおそれている屍のように身動きもせぬこの人は、運命というものが、ぼくらが魂を流しこむ鋳型にすぎないこと、そして生と死とは彫刻師としてぼくらを受けとるのだということを悟っていた。こののらくら者は大理石の細工師であった彼の父と、産婆だった母とをかわるがわる真似ているのだった。つまり、産科医として、彼は魂を産み出させ、彫刻師として、大理石の削り屑のような抗議を浴びながら、彼は柔らかい人間の石塊から神の似姿を彫りあげていくのだった。事物の諸相と同じく複雑多様な彼の智慧は、彼にとって蕩児の歓楽や、競技者の勝利や、偶然の海を行く冒険家の血を湧かすような危険などの代償となっていた。貧しいながら、もし不可視の富を得るために心を砕いていなかったら彼が所有しえたであろう諸々の富をたのしんでいた。純潔ながら、もしソークラテースにとってそのことが有益であると判断したならば彼が実践したであろう遊蕩の味を、夜毎に味わっていた。醜いながら、彼は好運がカルミデースの外貌に与えたあのまさしき美の力を正々堂々と用いていたので、運命が彼の魂を宿らせたあのほとんどグロテスクな肉体はもはや無限のソークラテースの無数の相の一つ、他の相よりも貴重というわけではない一つの相でしかなかった。三千世界をおそらく作り給うた神のそれにも似て、彼の自由の領分は彼の被造物だった。ぼくの舞踊の足を巻きこむ渦巻が彼のひそかな不動の恍惚と類を同じくするものだということが彼にはわかっていたのだ。ぼくは彼が突立っているのを見たことがある。彼の眩暈を強めることなく旋回する星辰に関心を払わず、アッティカの明るい夜の中に身をすくめ、神の深淵から吹いてくる凍るような烈しい北風をたじろがずに耐えている黒い姿を。毎日アテーナイの若者たちに新しい裸形の真理を紹介するこの崇高な女衒(ぜげん)のあとについて、ぼくは朝ラヴェンダーの茂る野を歩いて行ったこともある。アニトゥスの姿をした梟のように、死が彼のために泣き叫んでいる「王の柱廊」

を通って、彼につきそって行ったこともある。そのときすでに荒蕪の野の片隅で毒人参は育ち、市場(アゴラ)の陶物師(すえものし)は毒が注がれるべき盃をこねあげていたのだ。侮蔑の太陽をうけて、中傷誹謗は十分に熟するだけの時をすでにかせいでいた。ぼく一人が賢者の倦怠の秘密の中にいた。一人、ぼくだけが、彼がみじめな寝床から起き上り、サンダルをさがすために息を切らしながら身をかがめるのを見た。しかし単なる疲れからこの七十翁が残りの寿命を諦めることはありえなかったろう。一生かけて明瞭な真理をそれよりさらに鮮明な真理と取り換え、一つの美貌をそれよりもっと美しい顔と取り換えてきたこの老人は、あげくの果てに、動脈の中に準備されている平凡な緩慢な死を、もっと有益でもっと正確な死、日暮れどきにベッドのへりにシーツを折り込みにくる孝行娘のような、いわば彼の行為から生まれた死と、取り換えるすべを見つけたのだ。彼の思い出にまつわり、数世紀の間持続するに足るほど堅固な死が、よき行為の連続であった彼の一生に挿入され、永遠の生命への彼の路のりを長びかせていた。アテーナイが、法のかたい礎の上に、日ましに誇らかになる神殿を建て、そこに刻々と完全なものとなる神々を祀ったのは正しかった。また侮蔑者たる彼が、純粋な思想ほどには美しくないあれらの柱廊の下に坐って、若者たちに魂しか信用してはならぬと教えたのも正しかった。喪服をきた下僕がヘリアステースの命令で、苦い飲物を満した盃を彼に差出したことも正しかった。それから、あのおとなしい死がこれほどの蒼穹に汚点をつけておきながら、それをもっと青く見せることしかできなかったことも正しいことだった。きっと、死は彼にとってアルキビアデース以上の魅力があったにちがいない、というのは、彼は死が寝床にすべりこむのをさえぎらなかったのだから。太陽が別れを告げる前にアテーナイを接吻で覆う時刻、若い乞食たちが手に薔薇をいっぱいもつあの季節の、ある夕ぐれのことだった。一艘の舟が、巡礼たちが祈りに行ったあの神の白鳥のように、真白な二つの翼を折りたたんで、港にもどってきた。石崖の腹に牢屋が穿たれてあって、開いた扉口から微風や水運びの人足の叫びが入りこんできた。洞穴に似た牢の奥にはうすい赤紫色の神殿が神々しいイデアのようにぼくらに現われてくるのだった。金持のクリトーンは、先生が逃亡のために金を敷きつめた道を辿ることを許してくれないと憤慨してぼやいていた。アポロドーロスは洟をすすりあげながら子供のように泣いていた。ぼくの胸は締めつけられていて、溜息もつけなかった。そしてプラトーンは居合わせなかった。シミアスは尖筆を手に、かけがえのない人の最後のことばを大急ぎで筆記していた。しかしすでに静かになったあの口からことばは途絶えがちにしか洩れてこなかった。おそらくあの賢者は、彼が一生の間倦まずたゆまず歩みつづけた弁論の道の唯一の存在理由は、神々の心臓が鼓動をうつ沈黙の岸辺へとみちびくことにある、と悟っていたのだろう。たぶん、とうとう聴く資格を得たからだと思うが、人が沈黙することを学ぶ瞬間というものがある。また何かしら不動のものを凝視することを学んだために、行動することをやめる瞬間がある。そしてこの智慧こそは死者の智慧であるはずだ。ぼくは寝床のわきにひざまずき、**先生**はぼくの波うつ髪に手をおいていた。崇高な挫折のために捧げられた彼の在り方が、それを超越するためにのみそれに到達したと主張するあの愛の眩惑的な威力から、その主要な徳性をひき出したのだとぼくは知っていた。畢竟、肉体が魂をつつみうる最も美しい着物であるからには、アルキビアデースの微笑とパイドーンの髪なくしてソークラテースが何ものでありえようか？　アテーナイの近郊以外の世界を知らぬこの老人に、彼の愛したいくたりかのやさしい肉体は、絶対ばかりか宇宙を教えたのだった。少しふるえている彼の手は、ぼくのうなじの上で、春の脈うつ谷間に入りこんだみたいに行き迷っていた。永遠とはそれぞれかけがえのない瞬間の連続によってのみつくられることを遂に悟って、彼は永遠の命を表わす絹のようなブロンドの形象が指の下をのがれ去るのを感じていたのだろう。牢番が無邪気な植物の致命的な汁液で満たされた盃を運んできた。先生がそれをのみ干すと、牢番は足枷をはずした。疲労のため鬱血したその脚をぼくはそっとさすった。すると彼の最後のことばは、快楽はその妹である苦悩と同一のものだ、ということだった。ぼくの人生を裏づけるこのことばに、ぼくは泣いた。彼が横たわったとき、ぼくはその顔を彼の古いマントの襞で覆うのを助けた。彼が悲しい犬のような大きな眼で、この世の見おさめと、やさしい近視のまなざしをぼくの顔にそそぐのを感じた。そのときだよ、ケベス、彼が医薬の神に牡鶏をいけにえに捧げるように命令したのは。彼はこの最高に意地悪な秘密をあの世へもち去ってしまった。しかし、半世紀にわたる智慧の生活に疲れたこの人が、復活のチャンスを試してみる前に、ゆっくり一眠りしたいと思った気持がぼくにはわかるような気がした。未来のことは不確かなまま、ソークラテースであったことに最後の満足を味わいながら、彼は永遠の朝を先触れする鳥の頸をひねっておきたかったのだ。日が沈み、心臓は凍りついてしまった。このようにして冷えきることこそ賢者の真の死なのだ。ぼくら弟子たちは、互に二度と相逢わぬよう離れ離れになる気で、互に対して無関心と、倦怠と、たぶん怨めしさとしか感じていなかった。ぼくらはもはや、消滅した哲人のバラバラの手足でしかなかったのだ。皆、自分の生命に含まれた死の胚種を速やかに生長させた。すなわち、アルキビアデースは時間の矢に射貫かれて男盛りの年齢で斃れ、シミアスは酒場の椅子の上で生きながら腐ってゆき、金持のクリトーンは卒中で死んだ。ぼく一人が、速さのせいで不可視なものとなり、いくつかの墓の周りにぼくの巨大な譬えを巻きつけることをつづけている。叡智の上で踊ることは砂の上で踊ることだ。動いてやまぬ海は、毎日、命の生まれないこの荒地の一画をもち去っている。死の不動性はぼくにとっておそらく無上の速さをつきつめた最後の状態にすぎない。そのとき真空の圧力がぼくの心臓を破裂させるのだろう。すでにぼくの舞踏は町の砦を、アクロポリスの台地を、のりこえている。そしてぼくの体は運命の女神（バルカエ）の糸巻きのようにくるくると旋回しながら、その固有の死を繰り出している。泡に覆われたぼくの足は、絶えず崩れる波頭の上にのっているが、ぼくの額は星に触れ、虚空に吹く風は、裸になることを妨げるような稀な思い出をぼくから吹きとばしてしまう。ソークラテースとアルキビアデースはもはや単なる名前、記号にすぎず、虚無の上でぼくの足さばきが辿る空しい像にすぎない。野望はひとつの囮（おとり）にすぎぬ。叡智はまちがっていた。悪徳それ自体が嘘偽だった。美徳もなく、憐憫もなく、愛もなく、羞恥もなく、それらに対立する強力な悪徳もなく、ただ在るものといっては、苦悩でもあるところの歓喜の頂点で踊っている空っぽの貝殻、形象の嵐の中の美の閃光ばかりなのだ。パイドーンの髪は宇宙の夜の上に、悲しげな流星のように解き放たれてゆく。

恋は罰である。私たちはひとりきりでいることができなかったがゆえに罰せられる。

★

一人の人間のことで悩む危険を冒すためには、彼を愛さなければならない。あなたゆえの悩みに耐えるためには、あなたを大いに愛さなければならない。

★

私は自分の恋愛のなかに、洗練された遊蕩の一形式、いわば時を過すための、時なしですますための、策略を、見てとらないわけにはいかない。快楽は、心臓が最後の激動の狂おしいモーターの音をたてる中で、空中での強引な着陸を実現する。漂う飛行のうちに、祈りが立ち昇る。愛の昇天のさなかに魂は肉体を天上へ伴って行く。昇天が可能となるためには神が必要である。ひとりの全能者の姿をとるためにちょうど十分なだけの美と、盲目性と、要求とを、あなたはもっている。あなた以上のものが見当たらないので、やむをえず私はあなたを私の宇宙の穹窿の鍵としたのだ。

★

あなたの髪、手、ほほえみは、私が崇める誰かのことを遥か遠くから想い起こさせる。それは誰のこと？　あなた自身のことだ。

★

午前二時、ねずみどもは塵箱の中で、死んだ昨日の残骸をかじる。町は亡霊と暗殺者と夢遊病者とに属している。あなたはどこにいる、どんなベッド、どんな夢の中にいる？　もしあなたに出逢ったにしても、あなたは私を見ないで通り過ぎるだろう。私たちは夢から見られることはないのだから。私は空腹を感じない、今夜は自分の人生をうまく消化できないでいるから。私は疲れている、一晩中あなたの思い出を種蒔いてあるいたから。ねむたくない。死にたい欲望すら起きない。ベンチに坐り、われにもなく夜明けの接近に頭が鈍って、私はあなたを忘れようと試みていることを想い出すのをやめてしまう。私は眼を閉じる……泥棒は私たちの指輪しかほしがらない。恋人たちは体しか、説教師は魂しか、暗殺者は命しか。暗殺者は私の命をとることができるが、私は彼等が私の人生をすこしも変えることはあるまいと見くびっている。頭上に葉のざわめきを感じようとして、私は頭を上向ける……私は森の中、野中にいる……今は時が掃除夫に身をやつし、神がおそらく屑屋に変装する時刻だ。けちな彼、頑固な彼、居酒屋の戸口で牡蠣殻の山の中に一粒の真珠が失われることにも同意しない神。天にましますわれらの父……私と落ちあうために誰も知らぬ河を渡って泥まみれになった足をした、茶色い外套の老人が、私のわきに坐りにくるのを、いつの日か私は見ることがあるだろうか？　彼はベンチの上に倒れるように坐りこむだろう。すべてを変えるに足るいとも貴重な贈り物を手に握りしめて。彼は指を一本ずつゆっくりと、とても用心ぶかくひろげるだろう。なぜならそれは飛び去るものだから……彼が握っているものは何か？　一羽の鳥か、胚芽か、ナイフか、心臓の鑵詰を開けるための鑵切りか？

★

精神の？　苦悩の中の？　涙にはたくさんの塩分がある。

★

何もこわくない？　私はあなたがこわい。

# クリュタイムネーストラー　あるいは罪

裁判官の皆さん、いまから御説明いたします……私の前には無数の眼のえがく軌道があり、膝においた手や石の上の素足や、視線の流れ出るすわった瞳孔や、沈黙のうちに審判を熟させている閉じた唇などがぐるぐる旋回する線を描いています。私の前には石の裁判官の集団があるのです。私はあの人を浴室の中で、短刀で殺しました。あの人の足をつかまえていることもできなかった情無い私の情夫の助けを藉りて。私の身の上話をあなた方は御存知です。皆さんのうち一人として、長い食事の終りに、召使のあくびを伴奏に、私の話を二十回もくりかえさなかった方はないのですし、皆さんの奥さん方のうち一人として、一生のうち一晩もクリュタイムネーストラーになりたいと夢みなかった方はありますまい。あなた方の罪深い考え、あからさまに言えぬ欲望が段々に転げおち、私にかこつけてぶちまけられるのです。そんな風ですから、一種のおそろしい往復運動が、あなた方から私の意識を作り、私からあなた方の叫びを作るのです。あなた方がここに来られたのは、殺人の状況が、実際よりも多少手取り早く、御自分の眼の前で繰返されることを期待してのことです。というのも、夜食をとるために家庭に戻らなくてはならないので、私の泣き声をきくために、せいぜい二、三時間しか時をさくことができないのですから。その上その短い時間に、私の行為のみならず、その動機までも、白日のもとにさらさなければならないのです。はっきりした形をとるまでに四十年もの歳月を要したその動機までも、です。私はあの人を、彼が名前や顔をもつ以前から、彼が未だ私の遠い不幸にすぎなかった頃から、待ちうけていました。生きた人々の群集の中に、自分の未来の快楽に必要なあの人間をさがしていたので、駅の出札口の前で、自分の待っている相手ではないことを確かめるために通行人の顔をじろじろ眺めるあのやり方でしか、私は男たちを眺めませんでした。母の胎内から出る否や乳母が私をおかいこぐるみにしたのは彼のためでしたし、学校の石板で算術を習ったのは、裕福な彼の家庭の会計を切り盛りするためでした。私を下婢にするはずのその未知の人がたぶん足をおくであろう路を飾り立てるために、私は敷物や金糸の旗を織ったのです。あまり熱心にやりすぎたので、その柔らかな織物のあちこちに血の雫を落しました。両親が私のために彼をえらびましたが、家族の知らぬ間に私が彼に誘拐されたのだとしても、私は父母の念願に従ったことになるでしょう。というのは私たちの嗜好は父母からくるものですし、私たちが愛する男はきまって私たちの祖母たちが夢みた男だからです。私はあの人が男らしい野心のために子供たちの将来を犠牲にするのを止めはしなかった。そのために娘が死んだときに泣きもしませんでした。私は果物が口の中でとろけるように、彼の運命のなかに自分をとけこませ、あの人に甘いやさしい感じしか与えないようにしていました。裁判官の皆さん、あなた方は栄光によって鈍重になり、十年間の戦いの間に年老いたあの人しか、アジアの女たちの愛撫によって官能をすりへらされ、塹壕の泥にまみれ、一種のかさばる偶像となり果てたあの人しか御存じない。私だけが、彼が神であった時期に、あの人になじんだのです。大きな銅の盆に、あの人の体にみずみずしさをみなぎらせるはずの一杯の水をのせていくのはたのしかった。熱い台所で、彼の飢えをいやし、体内を血気でみたすはずの料理をこしらえるのはたのしかった。人間の種子の重みで身がおもくなり、子供が芽生えつつあるわが腹のうえに両手をおくのは快いことでした。夕方、狩から帰ってくると、私は喜んであの人の黄金の胸に身を投げかけたものでした。しかし男というものは、同じ家庭の炉端で手を暖めて一生を過すようにはできていません。あの人は新しい征服へと旅立ち、無駄な大時計のひびきに満ちた大きな家のように、私をあそこに置き去りにしたのです。彼から遠くはなれて過す時間は、日ましに未来の乏しくなる私から、一滴ずつかあるいはどっと大量に、血のように流れ出るのでした。休暇で帰ってきた兵士たちは、酔払っては、私に後方陣地でのあの人の生活の模様を語ってきかせました。それによるとオリエントの軍勢には女たちがはびこっている由でした。サロニケのユダヤ女や、暗色のまぶたのかげの青い眼が暗い洞窟の奥の泉を想わせるティフリスのアルメニア女、蜜入りの菓子のように重たく甘やかなトルコ女などです。

毎年、結婚記念日には手紙がきました。私の生活は路を歩いてくる郵便配達のびっこの足音に耳をすますことで過ぎていったのです。昼間は苦しみと、夜は欲望と闘い、たえずあの不幸のだらけた形である空しさと闘いつづけました。歳月は寡婦の行列のように人気のない街路をつらなって通ってゆき、村の広場は喪服の女たちで黒くなりました。もう恋仇といっては土しかもたないその不幸な女たちが、私はうらやましかった。少なくともその女たちは夫が一人で寝ていることを知っているのですから。私はあの人の代わりに農地の仕事や海路の往来を監督し、収穫したものを倉庫に納め、市場の棒杭に強盗の首を曝しものにさせました。私はあの人の鉄砲で烏（からす）を撃ちもしたし、茶色い布の脚絆をはいた足で、あの人の狩用の馬の腹を蹴りもしました。少しずつ私は、私に欠けていたあの人、私がつきまとわれていたあの人と入れ替わっていったのです。しまいにはあの人と同じ眼つきで下婢たちの白いうなじを眺めるようになりました。まだ耕していない野中を、アイギストスは私とならんで馬を駆けさせたものです。彼の思春期がたまたま私のやもめ暮しの時期と一致していたというわけです。彼はもうすぐ一人前の男の仲間入りをする年頃で、夏休みに従兄弟たちと森の中で接吻を交わすあの時期へと、私をつれもどしたのです。恋人というよりも、夫の留守中にできた子供のような気がして、彼の鞍の代金や馬の商人への支払いを立て替えてやりました。あの人に不実なまま、私はあの人のまねをしていたのです。つまり、アイギストスは私にとってアジア女や賤しい遊女と同等のものにすぎなかったのです。裁判官の皆さん、世界にはたった一人の男しかありません。他の男は、どの女にとっても、まちがいか、悲しい代用品にすぎないのです。そして姦通は貞節の絶望的な形であることが多いのです。もし私が誰かを欺むいたとすれば、欺かれたのは、たしかにこのあわれなアイギストスです。私の愛した男がどれほどにかけがえのないものかを知るために、私はこの青年を必要としたのです。彼を愛撫するのに倦んで、塔に登って見張番と不眠を共にしたものでした。或る夜、東の地平が、夜明けにまだ三時間あるのに、赤く燃え立ちました。トロイアの炎上でした。アジアから吹く風が海の上に火の紛と灰の雲とを運んできました。哨兵たちの歓びの火が山々の頂きで燃え上り、アートス、オリュンポス、ピンドス、エリュマントスなどの山々が火葬の薪の山のように炎に包まれてゆきました。そして最後の炎の舌が、私の前の小さな丘、二十五年の間私の眼をさえぎって水平線をかくしてきたその丘の上にとまりました。波のささやきを聞きとるために見張りの兵が兜をかぶった額をうつむけるのが見えました。海のどこかで、黄金で身を飾り立て、船尾(とも)に肘をついた男が、スクリューの回転する度に、妻や留守家庭に近づいてくるとのことでした。塔からおりると、私は短刀を身に帯びました。私がやりたかったのはアイギストスを殺すこと、木の寝台と寝台の床を洗わせ、行李の底から出陣を見送ったとき着た服をとり出すこと、要するに、この十年間を、私の歳月の総計のなかのただのゼロのように、抹殺してしまうことでした。鏡の前を通りかかったとき、ほほえむために立ち止ったのですが、そのとき不意に私は自分の姿に気づいたのです。つまり私はもう白髪であるということを私は思い出したのです。裁判官の皆さん、十年という歳月は馬鹿になりません。その長さはトロイアの都とミュケーナイの城との間の距離よりも長いのです。それに過去のこの一隅は今私たちがいるこの場所よりもずっと高いのです。というのは私たちは時間を降りるしかなく、二度と再び昇ることはないのですから。それはちょうど悪夢をみているときと同じで、前へ進めば進むほど、目的地に近づく代わりに遠ざかってしまうのです。若妻の代わりに、王は門口で、でぶの料理女みたいな女を見つけるでしょう。王は鳥小屋や酒蔵の状態がよいという報告をきいてその女をほめてやるでしょう。そして私はいくつかの冷やかな接吻しか期待できないでしょう。もし勇気があったら、私は彼の顔にやつれた私を見たときの失望を読みとるのがいやさに、彼の帰郷の時までに自殺していたでしょう。けれども私は死ぬまでにせめて彼に逢いたかった。アイギストスは私の寝床の中で泣いていました。悪いことをした子供が父に罰せられるのを恐れているみたいに。私は彼に近寄り、できるだけやさしい作り声を出して、私たちの夜の逢う瀬は少しも露顕するはずはないこと、彼の伯父が彼を愛さなくなるわけはないこと、を言ってきかせました。ところで私はあべこべに、夫がもうすべてを知っていて、怒りと復讐慾からして私のことを少しは考えることをのぞんでいたのです。事を一層確実にするために、私は船上の王に送る郵便物の中に、私の過失を誇張して告げる一通の匿名の手紙を入れさせました。そうしておいてから、私は自分の心臓を切り裂くべき短刀を研ぎました。あんなにも度々私のくちづけた両の手を用いてあの人が私をしめ殺してくれるだろう、と私はあてにしていました。そうすれば少なくとも一種のかたい抱擁のうちに死ねるわけでした。とうとうナウプリオンの港に、万歳の叫びやラッパの吹奏のうちに、軍船が到着する日がやってきました。赤い罌粟の花に覆われた崖は、夏の命令で満艦飾にかざりたてられたように見えました。学校の先生は村の子供たちに一日の臨時休暇を与えていましたし、教会の鐘は鳴り響いていました。私は獅子門のところで待ちうけ、薔薇色の日傘が私の蒼ざめた顔を彩どっていました。険しい坂道にかかった馬車の車輪は軋み、村人たちは馬の重荷を軽くしようと梶棒を押しました。道の曲り角で、とうとう四輪馬車の幌が生垣の向うに見えてきました。そして私は夫が一人ではないことに気づいたのです。兵士たちの慰みものになったため多少疵物になってはいたが、自分が戦利品としてえらんだトルコの魔女みたいな女を、夫はそばに侍らせていたのです。その女はまだほんの子供で、打ち傷のために刺青をしたように見える黄色い顔に、暗い美しい眼をしていました。あの人はその女が泣かないように、腕を愛撫してやっていました。そして車から降りるときには手を貸してやりました。私を冷やかに抱擁すると、父母を亡くしたこの少女をやさしく扱うよう、私の寛大さをあてにしていると言い、次にアイギストスと握手しました。あの人もまた、変わり果てていました。息を切らして歩き、太くて赤い頸はシャツの衿からはみ出し、栗色に染めたあごひげは胸の肉の襞の中に埋まっていました。とはいうもののあの人は美しかった。神のようではなく牡牛のように美しかったのです。私の血が見えないようにと、婚礼の日と同じように私が真紅の敷物を敷かせておいた玄関の階段を、あの人は私たちと一緒に昇りました。あの人は私をろくに見もしませんでした。晩餐のとき、私が彼の好きな料理を用意させておいたことにも気づきませんでした。二杯、三杯と酒を飲み、差出人不明の手紙の引裂いた封筒をポケットからとり出して、アイギストスの方に目くばせしました。食後には女のよろこばせかたについて酔払いらしい冗談を言うのでした。長い夜が蚊のむらがるテラスの上でだらだらと果てしなくつづきました。伴れの少女にあの人はトルコ語で話しました。その女はある部族の族長の娘らしく思われましたが、私はその女のふとした仕草から、みごもっていることを見てとったのです。その腹の子はたぶんあの人か、あるいはその娘を父の天幕から笑いながらひきずり出し、鞭をふりまわしてわが軍の塹壕の方へ追いやった兵士の子でしょう。その女は未来を予知する天分をもっているようで、私たちの気晴しのために、手相を見ました。そのとき、その女は真青になり、歯をガチガチと鳴らしたのです。私にもまた、皆さん方、私にも未来がわかっていました。女はみな未来を知っているのです。女は万事が悪い結果に終ることをいつも覚悟しているのです。あの人は寝る前に熱い風呂を浴びる習慣でした。私はすべての準備をはじめました。流れる水の音に消されるので、大きな声で泣きじゃくることができました。風呂は薪を焚くので、薪割りの斧が床にころがっていました。それを、何となく、私はタオル掛けのうしろに隠したのです。一瞬、私は、嫌疑をかけられる者としては石油ランプしかないような、何の手がかりも残さぬ偶然の事故のように見せかけて処理したい気持をそそられました。しかし私はせめてあの人が否でも応でも私をまともに見ながら死ぬようにしてやりたかった。そのためにのみ私はあの人を殺したのです。私が、手から取り落したり、誰にでも譲ってしまえるような、つまらぬ品物ではないことを、あの人に無理やりにでも判らせてやりたかったのです。私はやさしくアイギストスを呼びました。彼は私が口を開くや否や色を失いました。階段の踊り場で待っているように、私は命じたのです。もう一人の男は階段をのっそり昇ってきて、シャツを脱ぎました。熱い湯の中でその皮膚は紫色になりました。私は首すじに石鹼をぬってやりましたが、あんまり震えたので手から始終石鹼がすべりおちました。あの人は少し息苦しくなって、私には手のとどかない高い窓を開けるようにと、ぞんざいに命令しました。そこで私はアイギストスを呼んで助けを求めたのです。彼が入ってくるとすぐ私は扉に鍵をかけました。夫の方はこっちに背を向けていたので、私を見ていませんでした。私は不器用に最初の一撃を与えましたが肩先を切りつけたにとどまりました。あの人はさっと立ち上りました。ふくれあがり黒いしみで斑らになり、牛のようにうなりました。おびえたアイギストスはその膝にしがみつきましたが、多分許しを乞うためだったのでしょう。あの人は浴槽のすべりやすい底の上で均衡を失い、大きな塊りのように倒れ、顔は湯に浸って、臨終の喘ぎに似たゴボゴボという音をたてました。そのとき私は二度目に切りつけ、額を割りました。でもそのときにはもう彼は死んでいたと思います。あの人はもうぐにゃぐにゃした熱い塊りにすぎませんでした。湯が赤く染まった、などと人は言いますが、実際にはほとんど血は流れなかったのです。あの人の子を産んだとき、私はもっとひどく血を流したものでした。夫を殺したあとで、私たちはその情婦を殺したのですが、もしあの女が夫を愛していたとすれば、これは思いやりのあるやり方でした。村人たちは私たちの味方についた、つまり沈黙を守ったのです。私の息子はアイギストスに対する憎悪を大っぴらにぶちまけるには幼すぎました。何週間かが過ぎて、私は気が落着いてくるはずでしたが、しかし、皆さん御承知のように、人はこんな悪運からは決してぬけ出すことはできません。すべてはふたたびはじまるのです。私はまたあの人を待つようになり、じっさいあの人は戻ってきたのです。首を振らないでください。あの人はほんとうに戻ってきたのです。十年の間、トロイアから戻るために一週間の休暇すらとろうともしなかったあの人が、死の国から戻ってきたのです。墓から抜け出せないように足を切ったのも無駄でした。そうしていても、ちょうど強盗が足音を立てぬように靴をぬいで脇にかかえるのと同じように、あの人は、夜になると、両足を腕にかかえて私の方へ忍びよってくるのです。あの人は影でもって私に覆いかぶさり、アイギストスがそばにいることさえ気づかぬ様子でした。やがて息子は私を警察に訴え出ましたが、息子というのはやはり夫の亡霊なのです。肉体をもった幽霊なのです。牢屋に入れば少しは気がやすらかになるだろうと思っていました。ところがあの人の亡霊はやっぱり現われるのです。まるで、墓よりも私の土牢の方がましだと思っているみたいに。私は自分の首がやがては村の広場で切り落されること、アイギストスの首も同じ刀で切られることを知っています。裁判官の皆さん、おかしなことに、まるであなた方はすでに何回も私を裁いたみたいに見えます。しかし私はいやな体験をしたおかげで、死者というものがおだやかに休息しているものではないということを知っています。私もまた墓から立ち上るでしょう、悲しげな猟犬のようなアイギストスをうしろにひきつれて。夜中に神の裁きをもとめて路から路へとさまようでしょう。私の地獄の片隅で私はあの人を見つけ、また新たに、あの人の最初の口づけに喜びの叫びをあげるでしょう。それから、あの人は私をすて、死の国の一地方を征服しに行くでしょう。なぜなら時とは生者の血であり、永遠とは亡霊の血であるはずですから。私の永遠はあの人の帰りを待つことで少しずつ失われてゆき、従って、間もなく私は亡霊のうちでもいちばん影のうすいものになるでしょう。そのとき、あの人は私をせせら笑うために戻ってくるでしょう。私の前で、墓の骨をもてあそぶことに慣れたあのトルコの魔女を愛撫することでしょう。一体どうしたものか? どうあがいても、死人を殺すことはできないのです。

愛されなくなるとは目に見えぬものになることである。あなたはもう私が肉体をもつことに気づきもしない。

★

死と私たちの間には、時としてたった一人の存在の厚みしかはさまっていない。その存在がとりのぞかれたら、あとには死があるばかりであろう。

★

幸せであるとは何と味気ないことだったろう！

★

私は自分のどの嗜好についても、ふと知り合った友達のおかげをこうむった、まるで人間の手を仲立ちにしないことには世界を受け容れることができなかったかのように。イヤサントからは花の趣味を、フィリップからは旅行趣味を、セレストからは医学愛好心を、アレクシスからはレースの細工の趣味を受けついだ。どうしてあなたから死への嗜好を受けつがないことがあろうか？

## サッポー　あるいは自殺

今私は小部屋の鏡の奥に、サッポーという女を見たところだ。彼女は雪のように、死のように、あるいは癩病やみのすき通った顔のように、蒼白い。そしてその蒼さをかくすために化粧しているので、頬に自分の血を少し塗った暗殺された女の死骸のような様子をしている。窪んだ眼は日光を避けるためにおちくぼみ、もう眼の覆いにもならぬ乾いたまぶたから遠くひっこんでいる。長い倦毛は房をなして落ちかかり、季節より早い嵐に襲われた森の枝葉のようだ。彼女は毎日新しい白髪(しらが)を抜くが、その色あせた絹糸は間もなく経帷子(きようかたびら)を織るに足るほどの数となろう。彼女は若さを裏切った女のように青春を哀惜し、失った娘をしのぶように、幼い日々を想って泣く。彼女はやせていて、入浴のときには、あわれな胸を見ないように鏡に背をむける。彼女は模造真珠と鳥の羽根をつめこんだ大きなトランクを三つさげて、町から町へさまよいあるく。古代に詩人であったように、今は軽業師である。それというのも彼女の肺の特殊な構造のために、中空で行なう職業をえらばざるをえないからだ。毎夕、彼女を眼で貪る曲技場の獣たちに引渡されて、サッポーはたくさんの滑車と支柱とでふさがれた空間の中で、星辰との約束を果たす。壁にはりつき、広告燈の文字で細かく刻まれた彼女の体は、灰色の町から町へと漂う、あの流行の亡霊の群の一部をなしている。地面にいるにはあまりに翼を生やし、空に浮かぶにはあまりにも肉体をもった、磁気を帯びた生きものである彼女は、蠟をぬったその足で、われわれを大地に結びつける契約を破った。死は彼女の下で眩暈のスカーフをゆれうごかすが、決してその眼をくらませることはできない。遠くからみると、裸で、星を体にちりばめた彼女は、危険な跳躍からすべての価値をとり去らぬために天使となることを拒みそうな体操選手に似ている。近くから見ると、彼女に翼を返し与えている長い化粧着をゆるやかに身にまとうたサッポーは、女に変装したような風情がある。ひとり彼女は知っている、彼女の胸は、乳房でかさばる胸板の奥以外のところに宿るにはあまりに重く大きな心臓を蔵しているのだと。肋骨の檻の底にかくされたこの重みが、虚空の中の彼女の跳躍に、安全ならざる、死の匂いを与えている。この兇暴な野獣に半ば貪り食われながらも、彼女はひそかに己が心臓を飼馴らそうと努めている。彼女は或る島で生まれたが、そのことがすでに孤独の始まりであった。次に彼女の生業（なりわい）が、夜毎にひとり空の高みへ遠ざかることを強いた。星の宿命の台架の上に横たわり、深淵から吹いてくる風に半裸体の身をさらしながら、彼女は、枕が無くて困るようにやさしさの欠如に苦しむ。生涯に知った男たちは、彼女が足を少しは汚しながら登っていった梯子段にすぎなかった。団長やトロンボーン奏者や広告取次人は、ポマードでかためた口髭だの、葉巻だの、酒だの、縞のネクタイだの、皮カバンだの、要するに女を夢見心地にさせる男性らしさのあらゆる外面的属性でもってサッポーをうんざりさせた。少女たちの肉体だけが、この大天使の手で扱われるに足るほど、やさしく、しなやかで、流動的なものであるようだ。この天使は深淵の真上で戯れに少女たちから手を放すふりをするかもしれないが。サッポーは四面をぶらんこの横棒で囲まれたこの抽象的な空間の中に彼女たちを長い間留めておくことはできなかった。翼の羽搏きに変わってしまうこの幾何学に恐れをなして、どの少女も空中の伴侶として彼女に仕えることをすぐに断念してしまった。そこで彼女は、襁褓(むつき)にすらならないつまらぬ布ぎれで継ぎはぎしてある彼女たちの生活と同一平面に自分をおくために、地上にまた降りてこなければならない。だからしてその愛情の表現は、檣楼係りの船員が娘たちを相手にすごす土曜の休暇の日の様相を呈してくるのである。寝台をはめこむ壁の凹みほどの少女たちの小部屋で息づまりそうになり、彼女は虚空に向かって絶望のドアを開ける。恋心から人形の家で暮すことを余儀なくされた男のしぐさで。すべての女は一人の女を愛する。つまり女たちは自分自身を狂おしいまでに愛するのであり、ふつうは彼女たち本来の肉体が、彼女たちが美しいとうなずく唯一の形体なのである。サッポーの透徹した眼、いわば苦悩の老眼は、もっと遠くをみつめる。偶像をかざりたてることに専心したお洒落れ女が鏡から期待するところのものを、サッポーは若い娘たちに求める。すなわち、彼女のふるえがちなほほえみにこたえる微笑を、次第に近よせた唇からもれる息が映像をくもらせガラスをあたためるまで求める。ナルキッソスは彼であるところのものを愛する。サッポーは女友達の中に、彼女でなかったところのものを、苦い心でいとおしむ。芸術家にとって栄光の裏返しであるあの侮蔑を抱き、未来に深淵の見通ししかもたずに、あわれなサッポーは彼女ほど脅かされていない女友達の肉体の幸福を愛撫する。自分の外に自分の魂を持ちはこぶ聖体拝受の女の子のヴェールは、サッポーに、彼女自身の幼年期よりももっと澄みきった子供時代を夢みせさる。というのは、幻想の果てに行きつきながら、人はなおも罪けがれなき幼年というものを他人に仮託するものだからだ。若い娘たちの蒼白さは彼女のうちに処女のころのほとんど信じられぬような記憶をよびさます。ギュリノのうちに彼女は衿持を愛し、その足にくちづけるために身をかがめた。アナクトリアへの愛は、にぎやかな祭のときに大口あけてたべる揚げものや、旅回りの一座の木馬や、干草の山などのにおいを、横たわったその美少女のうなじをくすぐるときに、思い起こさせるものだった。アッティスのうちに彼女は不幸を愛した。群集の息と河霧とで息づまるような大都会の奥で、彼女はアッティスと出逢ったのだった。その少女の口は今しがた嚙んだしょうが入りボンボンのにおいが残っていた。涙でよごれた頰には、手でこすったあとがついていた。まがいもののかわうその毛皮を着て、穴のあいた靴をはいて、橋の上を走っていた。若い山羊のようなその顔はあらあらしいやさしさに満ちていた。傷痕のように蒼ざめた、キュッとむすんだ唇、病んだトルコ玉のような青い眼、それを説きあかすものは彼女の記憶の底にしまってある三つの物語だった、といってもそれらは結局ひとつの不幸の三つの面に他ならなかったが。日曜ごとに一緒に連れ出って遊びに行くボーイフレンドが、或る晩、芝居の帰りに、タクシーの中で、彼女が彼の愛撫をいやがったために、彼女を棄ててしまったのだ。そして女学生らしい寝室の一隅の寝椅子を彼女に貸してくれていた娘が、フィアンセの愛を横取りしようとしたと誤解して、彼女をなじって追出してしまった。そして最後に、彼女は父親にぶたれた。彼女はもう何もかもが怖かった。幽霊も、男も、十三という数も、猫の緑色の眼も。ホテルの食堂が、そこでは低い声でしか話してはならぬと彼女の思いこんでいる神殿のように、彼女を眩惑する。浴室に入ると彼女は手を拍いてよろこぶのだ。サッポーはこの風変りな女の子のために、柔軟さと大胆さの歳月をかけて蓄積した資本（もとで）をつかい果たす。サーカスの団長に、花束でしか手品を使うことのできぬこの不器用な芸人を押しつける。旅回りの芸人と悲しい蕩児とに固有の、あの替り目の規則正しさで、彼女等は連れ出ってあらゆる都の曲技場と演芸台とを巡業してまわる。金持ちすぎる客でいっぱいのホテルでの人交わりをアッティスが避けられるように、二人は安ホテルの家具付きの部屋で、毎朝、舞台衣裳やぴっちりした絹靴下のほつれた編目を繕う。病身のこの子を世話したり、この子を誘惑するかもしれぬ男たちを身辺から遠ざけたりしているうちに、サッポーの暗い愛は知らぬ間に母性的な形をとる、まるで十五年間の不毛な愛慾の果てにこの娘をわが子として得たかのように。桟敷の外の廊下で行き逢うタキシードの青年たちは、みなアッティスに、かつてその接吻を拒んだことを多分彼女が悔んでいるあのボーイフレンドを、想い出させる。彼女のフィリップのきれいな下着や、青いカフスボタンや、彼のチェルシーの部屋をかざっているわいせつなアルバムがいっぱいの柵のことなどをさんざんきかされたので、サッポーはしまいにはその隙のない身なりをした実業家について、彼女がその人生に導入することを避けえなかった何人かの男の恋人についてと同じくらいはっきりした心象をもつに至る。そしてその心象を無造作に彼女の最悪の想い出の間にならべるのだ。アッティスの瞼が少しずつ紫色を帯びてくる。そして郵便局へ局留めの手紙をさがしに行き、読んだあとでそれらを破りすてる。どうやら奇妙なことに彼女は自分たちがあわれな流浪の路上で、商用の旅をするあの青年と偶然行き逢うかもしれぬことを知ったらしい。サッポーはアッティスに人生の退避所しか与えられぬこと、また、恋をおそれる心だけが彼女の強い肩にアッティスのかよわい小さな頭をもたれさせていることを思って苦しむ。いっぱいの涙で苦いこの女は、雄々しい心から決してそれを流しはしないのだが、自分が女友達に愛撫に満ちた失意しか与えることができないと考える。彼女の唯一の言い訳は、どんな形の愛もふるえがちな少女たちにこれ以上よいものを与えることはない、そしてアッティスが自分から遠ざかることによってより大きな幸せの方へすすむチャンスはほとんどあるまい、と自分に言いきかすことだ。或る晩、サッポーはサーカスからいつもより遅く帰ってくる。アッティスを飾るためにのみ集めてきた花束を腕にいっぱい抱えて。彼女が通りかかったとき、門番のおかみさんはいつもとちがったしかめ面をしてみせる。階段の螺旋が突然蛇のとぐろに似てくる。戸口の靴拭いのマットの上の牛乳瓶がいつもとはちがう場所に置いてあるのにサッポーは気がつく。控えの間に入るや否や彼女はオー・ド・コロンと亜麻色の煙草のにおいを嗄ぎつける。台所の中にトマトをいためているアッティスの不在をたしかめ、浴室の中に水とたわむれる裸の娘の欠如を、寝室の中では、身をゆすってもらいたがっているアッティスに対して行なわれた誘拐をたしかめる。鏡付きの箪笥の開放たれた前で、彼女は愛する少女の衣類が失くなっているのに涙する。床に落ちている青いカフスボタンがこの家出をそそのかした張本人を示しているが、サッポーはそれを永久の離別とは信じまいとする。死なないでそれに耐えることができまいと思うからだ。彼女はまたしても町から町へ一人で巡業の路をたどり、彼女の狂おしい心がすべての肉体にもましていとしく思う一つの顔を、みすぼらしい家並ごとにむさぼるような眼でさがしまわる。幾年か経って、レヴァント地方に巡業したとき、たまたま或る日彼女の生まれ故郷に泊ることになり、フィリップが今ではスミュルナで東方産(オリエント)の煙草の工場を経営していることを知る。彼は権高(けんだか)な金持の女と最近に結婚したというが、その女はアッティスではなさそうである。棄てられた娘は踊り子の一団に加わったという話だ。サッポーはレヴァントの宿屋を一軒一軒たずね歩くが、どの宿の玄関番もそれぞれの流儀で傲岸だったり厚かましかったり、卑屈だったりする。汗のにおいが香水のにおいを不快なものにしている曖昧宿や、酒と人の熱気とにひとときうつつをぬかしても、黒い木のテーブルにまるいコップの跡しかのこらない酒場を、次々のぞいてみる。あげくの果てに救世軍の宿泊所までさがしまわるが、落ちぶれて愛を受け容れようとしているアッティスを見つける期待はいつも裏切られる。イスタンブールでは、偶然、毎晩のように、旅行会社の社員と名乗る無造作なみなりの青年と隣合わせにテーブルにつく。うすよごれた彼の手は悲しげな額の重荷をめんどくさそうに支えている。彼等は行きずりの二人をしばしば恋へとみちびくあのいくつかの常套文句を交わし合う。自分はパオンという名で、スミュルナ生まれのギリシア女と英国艦隊の乗組員との間にできた息子なのだと彼は言う。あれほどしばしばアッティスの唇にのぼった甘美な発音をふたたび耳にして、サッポーの胸はときめく。彼は逃亡や悲惨や、戦争とは関係のない、ひそかに彼自身の心の法則とかかわりのあるかずかずの危険の想い出をうしろにひきずっている。彼もまた不安定な、いつもかりそめの免罪によって命をながらえている、あの脅かされた人種に属しているように見える。滞在許可証を剝奪されたこの青年は、彼なりに没頭している仕事があるのだ。彼は詐欺師で、モルヒネの取引人で、たぶん秘密警察の手先かもしれない。彼はサッポーが足を踏入れない、秘密集会と合言葉の世界に生きているのだ。二人の間に不幸の友愛をきずくために彼が身の上話を語ってきかせる必要はない。彼女は彼に涙の種を告白し、アッティスのことをためらいがちに話す。彼はアッティスを知っているような気がするという。ペラの或るキャバレで、花の手品をする裸の少女を見たことをおぼろげに記憶しているのだ。彼は小さな帆舟を一艘もっていて、日曜にはそれでボスフォロス海峡を遊弋（ゆうよく）する。二人はその舟に乗って海岸ぞいの古くさいカフェを残らずさがしまわる。それから島々のレストランや、何人かの貧しい外国人の女たちがつつましく暮しているアジア側の海岸の下宿屋もさがしてまわる。船尾（とも）に坐って、今まで彼女の唯一の人間的太陽である若い男の美貌が角燈の光にゆらめくのをサッポーはみつめる。その面ざしに、あの逃げた娘のもっていたかつてのいとおしかったいくつかの特徴がみとめられるのだ。たとえば、ふしぎな蜜蜂に刺されたような、あの娘と同じふっくりふくれた唇、彼女とはちがう髪のかげの同じ非情な小さな額、その髪はこの男の場合蜜にひたしたような色なのだ。それに細長いくもったトルコ玉に似た同じ眼、しかもその眼をちりばめた顔は蒼白くなくて陽焼けしており、これに比べればあの栗色の髪をした血色のわるい娘は、青銅と黄金でできたこの神の、もう失われた蠟製の像にすぎなかったかのように思われる。サッポーは自分でも驚きいぶかりながら、ぶらんこの横棒のようないかつい肩を、櫂を握るためにかたくなった手を、彼女は自分を愛させるにちょうど必要なだけの女性的やさしさが残っているこの肉体すべてを、次第にあの娘にもまして愛しはじめる。舟底に横たわって、彼女はこの過ぎゆく人が切り裂く波の新しい脈動に身をゆだねる。彼女はもう、あの行方不明の娘が彼に似ているが美しさにおいて劣ると言うためにしか、アッティスのことを彼に話さなくなった。その讃辞をパオンは不安な、皮肉のまじった歓びで受けとるのだ。彼女はアッティスが戻ってくることを知らせる手紙を彼の前で破りすて、その差出人の住所を読むことさえしない。そんな彼女を彼はふるえる唇にうすらわらいを浮べてみつめる。はじめて、彼女はそのきびしい職業のための練習を怠り、すべての筋肉を魂の統御のもとにおく訓練を中断してしまう。二人は一緒に夕食をとる。彼女としては前例のないことだが、すこしたくさん食べすぎる。この町で彼と共に暮せるのはあと数日しかない。契約があるので別の空を漂うために町を出ていかなくてはならないのだ。その最後の夜を、彼女が泊っている港に近い小さなアパートの部屋で一緒にすごすことに彼は同意する。明るい高音が深い低音とまじりあう声にも似たこの男が、せせこましい部屋の中を行ったり来たりするのを、彼女は眺める。もろい幻影がこわれるのをおそれるかのような、自信のないしぐさで、パオンは好奇心を示しながらアッティスの肖像の方に身をかがめる。サッポーはトルコ刺繡に覆われたウィーン風の寝椅子に坐り、想い出の跡をそこから消し去ろうとするかのように、両手で顔をぎゅっとはさむ。今までかよわい女友達に対して選択と、申し出と、誘惑と、保護とを進んで行なってきたこの女が、ここにようやく気をゆるめ、暗い顔をして、彼女本来の性と本来の心臓の重みにぐったりと身をゆだねて、恋人のかたわらで、これからは受け容れるしぐさしかする必要がないことを幸せに思っているのだ。隣の部屋で青年がうろうろしている物音に彼女は聞き耳をたてる。その隣室ではベッドの白さが、いろいろな事情にもかかわらず、驚くべく開かれたままになっている希望のように、ひろげられてあるのだ。彼女は彼が化粧台の上の瓶の口を開けたり、強盗かあるいは何でも許されていると信じている親友らしい確信に満ちた様子で、抽出しをひっかきまわしたり、しまいには、アッティスのひらひらした飾りのついた衣裳にまじって彼女の服が自殺者のように吊られてある衣裳箪笥の扉を開ける音を聞く。突然、幽霊の身震いに似た絹ずれの音が、叫び声をあげさせる愛撫のように近づいてくる。彼女は立ち上り、ふりかえる。愛する人はアッティスが家出のとき残していった化粧着を身にまとうている。裸体を覆ったモスリンが踊り子の長い脚のほとんど女性的な優美さを際立たせていて、きっちりした男の服装をぬぎすてたこの柔軟ななめらかな肉体はまるで女の体のようだ。仮装のなかでゆったりくつろいでいるパオンはもはやあの美しい不在の乙女の身代わりにすぎない。泉のような笑い声をあげて彼女の方にやってくるのはやはり若い娘なのだ。とりのぼせたサッポーは着のみ着のまま戸口の方へ走って行き、同じ悲しいくちづけしか彼女に与えることができないであろうこの肉体をもった幽霊から逃げ出す。海にぬける、残飯や汚物のちらかった街路を、群集の波をおし分けながら、駆けて行く。どんな人との出逢いも自分を救うことにはならぬと彼女は知っている。というのも、どこへ行こうと、アッティスをふたたびみつけることしかできないからだ。あの度はずれな顔が、死に通じていない道をことごとく彼女に対してふさいでしまうのだ。彼女の記憶をぼやけさせる疲労のように、夕暮れが落ちてくる。夕陽の沈んだあとには多少の血がこびりついている。突如として、彼女の心臓の中で、高熱がそれらを打ち合せたかのように、シンバルがひびきわたり、自分でも気づかぬうちに、長年の習慣が彼女を、毎夕眩暈の天使と闘う時刻にサーカスへと連れて行く。これを最後と彼女は自分の人生のにおいでもあったあの野獣のにおいに酔い、恋のように調子はずれの、やかましい楽隊のひびきに酔いしれる。衣裳方の女がサッポーを死刑囚の独房へと導き入れる。彼女はそこで神に身を捧げるかのように裸形になり、白い脂粉を体になすりつけるや、たちまち亡者に変身する。それから首のまわりに追憶の首飾りを大急ぎでまきつける。黒装束の進行係がやってきて、彼女の出番だと注意する。彼女は天の刑場への縄梯子をよじのぼる。愚かにも一人の若い男が存在すると信じたと彼女をあざける声からのがれるために高所へのぼっていく。ジュース売りの巧みな口上から、薔薇色の子供たちの甲高い笑い声から、踊り子のスカートから、人間の糸で編まれた無数の網の目から、彼女は身をひきはなして離れていくのだ。腰を一振りして彼女は自殺への嗜好に適った唯一の支点によじのぼる。虚空のただ中で揺られているぶらんこの横段が、半分しか女でないことに疲れたこの人を鳥に変える。彼女は己が深淵に漂う伝説の鳥（アルキオン）となって、不幸を予想していない観衆の眼下に、片足で吊りさがる。彼女の芸の巧みさが仇となって、努力してもバランスを崩すことができない。曖昧な曲馬師である死は彼女を次の縄梯子の上でまた立直らせるのだ。とうとう彼女は照明の届く範囲よりももっと上へ昇ってしまう。もう彼女が見えないので、観客は喝采することができない。画いた星を点綴した円天井の仕掛を操作する綱にしがみついた彼女にとって、さらに上に昇る唯一の手段は、天を切り裂くことである。足の下で綱を、滑車を、今こそのりこえられた彼女の運命の巻揚機を、眩暈の風が軋ませる。寒い北風の候に海にいるように、空間は横に揺れ縦に揺れ、星に満ちた穹窿はマストの帆桁の間で揉まれるように揺れ動く。彼方の音楽はもはやすべての想い出を洗い去るなめらかな大波にすぎない。彼女の眼はもう紅い燈と緑の燈の見分けがつかない。黒い群集の上をなでる投光機（プロジェクター）の青い光がここかしこに、やさしい岩に似た女の露わな肩を輝かせる。岬にしがみつくように死にしがみついたサッポーは、堕落するために、救助網にうけとめられない場所をえらぶ。というのは、軽業師としての彼女の領域はこの茫漠たる大曲技場の半分にしか及ばないからだ。円形競技場の残りの部分では今砂の上で道化師があざらしに芸をさせていて、そこならば彼女の死を妨げる準備は何もされていない。

無限の大半を抱擁するかのように両腕をひろげて、サッポーは沈んで行く。自分のあとに、彼女の天への出発の証として揺れるひとすじの綱だけを残して。しかし人生に失敗した者たちは自殺を仕損じる危険をも冒すのだ。斜めに落下する彼女は大きな青いメドゥサに似た電燈に衝き当る。その衝撃で、無益な自殺者は目を回して、しかし無疵のまま、光の泡立ちはぜる網の方へ投げとばされる。そして網の目は空の深みからすくいあげられたこの彫像の重みに破れることなく撓む。そのあとはもうすぐさま彼女を砂の上にひきおろす作業を行なうだけのことだ。その蒼白な大理石の体は流れる汗に濡れそぼたれ、まるで海に溺れた女のようだ。

私は自殺するまい。死者はすぐに忘れられる。

★

人は絶望の土台の上にしか幸福を築かぬものだ。今こそ私は築きはじめることができそうに思う。

★

私の生について、どうか人々が誰をも咎めることのないように。

★

自殺が問題なのではない。記録を破ることが肝腎なのだ。

# 主なる登場人物

**パイドラー**

クレタ王ミーノースとパーシパエーの娘。アリアドネーの姉妹。テーセウスの妻となるが、義理の子ヒッポリュトスに恋し、彼に言い寄ったが拒絶され、ヒッポリュトスが彼女に道ならぬ恋をしているとテーセウスに訴えた。テーセウスは怒って、海神ポセイドーンにわが子を罰するように祈って、彼を追放した。ヒッポリュトスが海辺を戦車で走っているとき、海神は怪獣を海から送って彼を殺した。パイドラーは後悔して罪を自白し、みずから縊れて死んだ。

尚、本文のはじめの方に、「母を牡牛に妹を孤独にゆだねる。」とあるのは、母パーシパエーが牡牛に欲情を抱き、牡牛とまじわって怪物ミーノータウロスを生み、迷宮の奥に隠したこと、また、妹アリアドネーが、ミーノータウロスを退治するテーセウスに恋をして、迷宮の中で迷わぬための導きの糸を彼に与えたにもかかわらず、テーセウスが彼女をすててパイドラーを妻としたことを暗示している。

尚、ヒッポリュトスの恋人アリキア（アリシー）は、エウリーピデースの悲劇「ヒッポリュトス」の中には出てこない女性で、ラシーヌの劇中の人物であるが、ラシーヌは自分の発明ではないとことわっている。アテーナイ王族の娘であり、ウェルギリウスによれば、ヒッポリュトスが医神アスクレピオスによって甦生せしめられた後、アリキアによって一子を得たとある。

アキレウス

ホメーロスの『イーリアス』の主人公。プティーアの王ペーレウスと海の女神テティスとの子。母神は彼を不死にするため三途（ステュクス）の川に浸したが、そのおり彼を持っていた踵だけが水に浸らなかったので、その部分が不死身にならなかった。半人半馬のケンタウロス族の智者ケイローンに教育をうけたが、トロイア戦争に参加しないように、両親は彼を女装させて、スキューロス王リュコメーデースの娘たちと共に住まわせた。しかし彼が参加しないかぎりトロイアは落城しないとの予言によって、オデュッセウスが商人に化けてスキューロスを訪れ、娘たちの前に装身具、衣裳をならべ、その中に武器を入れておいたところ、アキレウスのみは武器に手を出して見破られた。しかし島に滞在中、彼は王女の一人デーイダメイアによって一子を得た。

『イーリアス』では、彼は親友パトロクロスと共にギリシア軍に加わり、九年間、トロイア周囲の都市を攻めるが、総大将アガメムノーンとのいさかいがもとで、戦闘から身をひく。その間、ギリシア軍は敗北を喫し、みかねてパトロクロスがアレキウスの武具を借りて出陣、敵将ヘクトールに討たれる。アキレウスは友の死に悲憤激怒し、母テティスに乞うて火神ヘーパイストスに武具を造ってもらい、戦に出てヘクトールを討ちとり、その死骸を戦車に結びつけて引き回す。彼の死についてはホメーロス以外の詩人たちによって語られている。すなわち、神の援けのもとにトロイアの王子パリスの射た矢が彼の踵に刺さり、そのために死に、海の女神やニンフたち参列のもとに葬儀が営まれた。母テティスは彼をダニューヴ河口の「白い島」へつれて行き、そこに住まわせたという。

**パトロクロス**

アキレウスの項を参照されたい。

**ペンテシレイア**

アマゾーンの女王。トロイアの大将ヘクトールの死後、アマゾーン女軍を率いてトロイアに来援。

マカーオーンをはじめ多くのギリシア勢を斃したが、ついにアキレウスに右胸を刺されて死んだ。アキレウスは死にゆく女王の顔の美しさに感動し、その死を嘆いたのを、テルシーテースに嘲けられ、怒って彼を殺した。

オイディプース

テーバイの創建者カドモスの後裔。ラーイオス王の子。ラーイオスがかつて亡命してペロプス王の宮廷にあったとき、王子クリューシッポスに恋して彼を誘拐し、死に至らしめたために呪いをうけた。これがテーバイ王家の不幸の始まりである。アポローンはラーイオスに、生まれた男の子は父殺しになるであろうと神託を下した。男の子が出生したとき、王はその踵をピンで貫いて棄てさせた。羊飼が子供を拾って、コリントスの王ポリュボスの后ペリボイアに与えた。この際子供の足（pod-）がピンで腫れて（oidein）いたので、Oidipus と名づけたという。王夫婦には子供がなかったのでオイディプースを養子にする。成人して、友だちから、実の子でないときかされ、真実を確めるために、デルポイのアポローンに伺ったところ、父を殺し、母を妻とするであろう、との神託を得た。オイディプースは養父母に禍を及ぼすのを恐れ、コリントスを出て旅するうちに、ラーイオスに出逢い、父と知らずに殺した後、テーバイに来た。折しもテーバイはスピンクスに苦しめられていた。この怪物はピーキオン山上に坐し、通りかかるテーバイ人毎に例の有名な謎をかけ、解けぬ者を殺して食うのである。オイディプースはその謎を解き、スピンクスは城山から身を投げて死ぬ。オイディプースはテーバイの王となり、知らずして母イオカステーを妻とし、二男二女が生まれる。男の子がポリュネイケースとエテオクレース、女の子がアンティゴネーとイスメーネーである。のちに、オイディプースの素姓が明らかになり、彼はわれとわが目を突いて盲になり、イオカステーは縊れて死んだ。この悲劇的な物語はソポクレース、エウリーピデース等によって脚色され、様々な異伝がある。

**アンティゴネー**

既出のオイディプースの娘。ソポクレースの悲劇によれば、オイディプースが盲となってテーバイを去り、乞食の姿で諸国をめぐったとき、彼女は父の手をひいてよく世話をした。父がアッティカで世を去った後、テーバイに帰った。テーバイがアルゴスの七将に攻められ、アルゴス軍に加わったポリュネイケースとテーバイ方のエテオクレースの兄弟が共に戦死した。王クレオーンはエテオクレースを手厚く葬り、敵にまわったポリュネイケースの遺骸は野ざらしにして、葬礼を禁じた。しかしアンティゴネーは禁を犯して兄の葬礼を行ない捕えられて地下の墓場に生きながら葬られた。彼女はみずから縊れて死に、婚約者でクレオーンの子ハイモーンは彼女の上に折り重なって自殺、クレオーンの后も悲しみのあまり自刃して果てた。

**ポリュネイケースとエテオクレース**

オイディプースが盲になったとき、この二人の息子は父に冷酷であったため、兄弟殺し合うだろうというオイディプースの呪いを受ける（異説あり）。父が国を去った後、果して兄弟は王位を争い、エテオクレースがポリュネイケースを追い払った。そこで後者はアルゴスの将たちの助けを得てテーバイに迫り、エテオクレースと一騎打の末、両者ともに斃れた。

**ハルモディオスとアリストゲイトーン**

紀元前五一四年、アテーナイの貴族ハルモディオスは友人アリストゲイトーンと共に、僭主ヒッピアスとその弟ヒッパルコスの殺害を企てた。計画破れてヒッパルコスのみを殺してハルモディオスは護衛兵に殺された。この企ては元来私怨によるものだったが、ヒッピアスの追放（前五一〇）後、二人は市の解放者と讃仰され、アゴラにその像が建てられ、また子孫には、いつでも公会堂で食事をとる権利が与えられた。パウサニアスの『ギリシア紀行』によれば、二人の墓はアテーナイの国立墓地ケラメイコスに在った。毎年行われた追悼招魂の墓前祭には、二人の墓前に供物が捧げられ、また、ギリシアの自由に身を捧げた僭主政治倒潰の功労者として多くの詩にうたわれた。

マグダラのマリア

イエス・キリストの女弟子。悪鬼に悩まされていたがイエスによって癒やされた。カルヴァリでイエスの十字架の死を見守り、埋葬に立ち会った。三日後の夜明けに、香料をたずさえて墓へ行くと、死体はなく、復活したイエスに会った。以上がルカ伝、マルコ伝の所記であるが、一般に流布した伝説では、このマリアはルカ伝の罪を悔いあらためた女と同一視されている。彼女はパリサイ人の家で食卓についているイエスの許にきて、泣きながら涙でイエスの足をぬらし自分の髪の毛でそれを拭い、足に接吻して香油を塗った、と記されている。しかし、ユルスナール自身断わっているように、この作品中のマリアは、福音書以外の資料を用いて自由に形づくられている。

パイドーン

プラトーンの『対話篇』の一つにパイドーンの名を冠したものがある。『パイドーン』篇は、ソークラテースの死後、パイドーンが友人のエケクラテースに、老哲人の死の直前の模様を語るという形で書かれている。その主題は死について、あるいは魂の不死についてであり、プラトーンの作品中でも主要なものの一つである。ユルスナールが言及している鶏云々の謎に関しては、この対話篇中に、毒がまわって下半身冷たくなった瀕死のソークラテースが、アスクレーピオス（医神）に鶏をお供えしてくれと頼む有名な一節である。

尚、この作中に登場するアルキビアデースはプルータルコスの『英雄列伝』中の周知の人物でもあり、この美貌の才人については今更説明を要しないであろう。彼はまたプラトーンの『饗宴篇』の主要人物の一人として、彼を熱愛しながら遂に彼の誘惑に乗らなかったソークラテースを称える名演説をする。ユルスナールはこの『饗宴』中のソークラテース像を大いに活用している。またユルスナールがひと言だけ触れているカルミデースも、プラトーンの『カルミデース』に登場して、「思慮について」のソークラテースの対話の相手役となる、十五、六歳の絶世の美少年であり、プラトーンの母の兄弟に当る実在の人物である。

パイドーン自身に関しては、ディオゲネス・ラエルティオス作の『著名哲人伝』第二巻に短い記述があり、それによれば、彼はエーリス市の貴族の出であり、町の落城と共に捕われ、淫売窟に引き渡された。しかし彼は扉を閉ざしてソークラテースのサークルに近づき、遂にソークラテースはアルキビアデース又はクリトーンにすすめて彼の身代金を払わせた。その時以来、自由の身となり、哲学を修め、一家をなした、とある。

**クリュタイムネーストラー**

スパルタ王テュンダレーオスとレーダーの娘。トロイア戦争の因となったヘレネーの異父姉妹に当る。はじめテュエステースの子タンタロスに嫁した。彼の甥アガメムノーンはタンタロスを殺したとき、強いられて寡婦のクリュタイムネーストラーを娶った。二人の間にオレステース、クリューソテミス、エーレクトラー、イーピゲネイアが生まれた。アウリスにトロイア遠征軍が勢揃いしたとき、総大将たるミュケーナイ王アガメムノーンは軍に強いられて娘のイーピゲネイアをいけにえとしてアルテミス女神に捧げた。これが妻の夫に対する恨みの因となったという。アガメムノーンの不在中、アイギストスがクリュタイムネーストラーに近づき、情を通じて権力を握った。ホメーロスでは彼女は情夫にひきずられる気の弱い女にすぎないが、悲劇では彼女がアガメムノーン殺しの中心人物となっている。彼女は夫殺しの後、子供をも迫害し、オレステースは国外に遁れ、エーレクトラーは虐待された。成長したオレステースはエーレクトラーと共に母を殺し、父の復讐を遂げたが、母は最後まで亡霊となってオレステースを追及したというのが、アイスキュロスの悲劇のあらすじである。

サッポー

前六一二年に生まれたギリシアの女流詩人。レスボス島のミュティレネ出身。少女の頃、政変のためシケリアに渡り、帰国後ある種の宗教団体の中心となり、多くの乙女と共に居住した。サッポーの詩集はアレクサンドレイア時代には七巻にまとめられていたが、現在残存しているのは、二篇以外は短い断片と、パピルス中から発見された相当に量は多いが完全な行の少ない残編断簡にすぎないが、それでも彼女が大詩人であったことが十分にうかがわれる。その出身地のレスボスがレスビアンなる普通名詞のもととなったことは言うまでもない。本篇の終りの部分には、サッポーが断崖から身を投げたという伝承が生かされている。なお、アッティスはサッポーの詩にうたわれている少女で、ここに、田中秀央、木原軍司両氏共訳の短い詩を御参考まで記しておく。

アッティスへ

アッティスよ

君恋ひ初めてはや幾とせ
わが青春の花と咲ける頃
君は未だ幼くて
花の蕾の齢ひなりしを

# 訳者あとがき

マルグリット・ユルスナールは、歴史的伝記小説の白眉である『ハドリアヌス帝の回想』(一九五一年刊)によって世界的名声をかちえた大作家であるが、その後も評論集『条件付きで』(一九六二年刊、コンバ賞受賞)、また歴史小説『黒の過程』(一九六八年刊、フェミナ賞受賞)等を発表し、一九七一年には、ベルギーの仏文学アカデミーの会員に迎えられ、最近(一九八二年)アカデミー・フランセーズの史上初めての女性会員となったニュースはまだ記憶に新しい。

ここに全訳した『火』は一九三六年の作で、ここには、やがて『ハドリアヌス帝の回想』の中で完全な自制のもとにみごとな成熟と結実とをみるであろうユルスナールの独特な資質と傾向とが、すでに奔放な形であらわれている。すなわち小説というジャンルにおさまりきらぬ詩的自由さ、瞑想と空想との大胆な交錯、神話的古代への嗜好、とりわけ古代的に美化された同性愛への偏愛。

神話伝説や古代史の人物をそれぞれ主人公とするこれらの短く圧縮された物語(レシ)は、短篇小説というよりはむしろ散文詩に近く、詩的飛躍とハイカラなアナクロニズムに満ちた、華麗なパロディであるが、これは著者自身が『緒言』で洩らしているように、「或る内的危機の報告書」であり、彼女の生々しい個人的情念を、神話の人物の情念にすりかえることで、時代を超えた普遍性をもたせ、どろどろの血と粘液のかたまりを硬質の結晶に変えようという試みであるように見える。

各篇の間に挿入された、アフォリズムめいた告白は、予想以上に重要な「報告書」の摘要を形づくっている。個々の物語はこの告白の感情的内容を具体的に「例証」するものであり、多様な主人公の生き方がすべてひとすじの赤い糸に貫かれているのが看てとれるだろう。

全体的にみて、古代に現代を導入する故意のアナクロニズムが目立つが、特に最後の『サッポー』では、かのレスボス生まれの女詩人は一九三〇年代の軽業師の姿をしており、その愛慾の相は、おそらく、作者の体験に最も近いものを示しているものと思われる。この一篇は最も歴史離れの著しいものだが、その他の主人公たちもその出典となる書物から多かれ少なかれ逸脱した振舞いを見せている。著者が『緒言』の中でことわっているように、義理の息子に恋慕する王妃パイドラーはギリシア神話の人物というよりはラシーヌの悲劇『フェードル』の主人公であるし、美少年パイドーンはプラトーンの有名な対話篇『パイドーン』からは想像もつかぬ身の上話をしてみせる。ここにあらわれるソークラテースも、プラトーンの描いたソークラテースと較べてみると興味ふかい。

これらの短い九つの物語を通してきこえてくる主導動機（ライトモチーフ）は、異性愛の敗北を肯定し、同性愛——とりわけギリシア風の少年愛を正当化するところの、顕著なA感覚的美的恋愛観である。アキレウスとパトロクロスの関係は、いうまでもなく古代叙事詩的同性愛の典型であるが、無二の友パトロクロスを敵将ヘクトールに討たれたときのアキレウスの悲嘆が、『パトロクロスあるいは運命』の終りの場面で、アマゾーンの女王ペンテシレイアを討ちとったアキレウスの哀惜――おなじみの画題となっているこの感動的な情景の中に、エコーとなって喚起され、逝ける友の面差しがペンテシレイアの死顔と二重映しになる。雄々しく気高いアマゾーンの女王は、その前の物語に出てくる女装した美少年アキレウスと同じく、ユルスナール好みのアンドロギュヌスもしくはアンドロギュネーの模範的なタイプである。

僭主ヒッパルコスを暗殺した後殺されたハルモディオスとアリストゲイトーンとは史上実在の人物だが、アリストゲイトーンの情婦レナは二人の青年同志の愛によって疎外された、みじめな異性愛の敗北を具象している。福音書から脱け出たマグダラのマリアは、ここでは神と密通したヨハネの棄てられた許嫁として、やはり一種の女性的敗北を「救い」の契機としている。この物語の中で特に魅力的なのは、復活したイエスが朝のガラスに映った影のようにマリアの前から消える場面であって、コクトオの映画『オルフェ』の、鏡を通り抜けて死者の国へと入りこむあの卓抜な着想を先取りしたもののように思われる。

ギリシア悲劇の中でも特になまなましい悪女であるクリュタイムネーストラーは、情念の仕掛ける最悪の陥穽に落ち、殺しても殺しても立ちあがる夫の姿に悩まされながら、「女にとって男は一人しかいない」と叫ぶ。しかし見方によっては、不在の夫の代役として精神的に男性化した後に、若いアイギストスを誘惑するこの女の振舞いに、これまた同性愛の一変種を見出せないこともないであろう。

このように、ユルスナールの筆にかかると、すべては逆説の逆光線を受け、なじみぶかい昔話の世界が突如異様な相を帯びて立ちあらわれる。そしてその逆光線の主要な光源となるものは、彼女の知性の透徹した眼光であると同時に、おそらく彼女の同性愛嗜好なのだ。後年の『ハドリアヌス帝の回想』にせよ、『黒の過程』にせよ、主人公はいずれもきわめて知的かつ自意識的な同性愛者だが、この『火』の観念的舞台に登場する人物も、ほとんど全員が精神的両性具有者であり、「正常な」人物はみな敗北者である。実用的な男と女という二種の生物に分類された世界に住み馴れた人々にとって、この奇妙な『火』の情景は、「鬼火」に照らされた百鬼夜行の図であるかもしれない。

しかし、強調しておかねばならないのは、ここにこそ大作家ユルスナールの原点があるということだ。そしてこの短篇集の異様さは、この作家のエクセントリックな偏向として片づけるには、あまりにも大きな人間学的問題を、マントの裾のように引きずっていると思われる。

このアンドロギュヌス的志向について、今ここで多くをのべることはさしひかえるが、次に引用する二人の世界的な精神医学者の意味ふかい文章が、この作家の「情念の美学」のための、よきアポロギアとなれば幸いだと私は思っている。

> 人間的諸可能性の全ての充溢において、また我と汝の全体の統一において、我と汝が真に**私たち**であるということは、常に二重の意味において男性=女性的である。すなわちそれ**い**（私たちであること）自身が男性=女性的であり、またそれの成員の各々が男性=女性的である。（ルートヴィヒ・ビンスヴァンガー『出来事と体験』より）

個人を超え、性を超越した永遠的人間の本質像は単なる概念の図式ではなく、むしろ最高の存在の充溢および本質性をもつ真の存在者なのだ。もしそうでないとすれば、人間精神が昔から現在および恋愛の完全性について創造した全ての象徴と表象が――未開人の原始的偶像からはじまって、古代の神々および神話中の人物を経て、錬金術者や神秘主義者のキリスト教的な神の形態に至るまで――全てこのような天上的で永遠な両性的アントロポスの本質像に一致している理由を決して理解できないであろう。

（メダルド・ボス『性的倒錯』より）

★

最後に、マルグリット・ユルスナールの著作のうち、すでに邦訳のあるもののみを挙げておく。括孤内は初版の年、列挙の順序は邦訳の出た順番にしたがう。

『ハドリアヌス帝の回想』（一九五一）多田智満子訳　白水社刊
『黒の過程』（一九六八）岩崎力訳　白水社刊
『火』（一九三六）多田智満子訳　森開社刊

『夢の貨幣』（一九三四）若林真訳　集英社刊
『東方綺譚』（一九三八）多田智満子訳　白水社刊
『アレクシス』（一九二九）岩崎力訳　白水社刊
『三島あるいは空虚のヴィジョン』（一九八〇）澁澤龍彥訳　河出書房刊
『ピラネージの黒い脳髄』（一九八五）多田智満子訳　白水社刊
『流れる水のように』（一九九一）岩崎力訳　白水社刊

なお、この『火』（原題 Feux）訳出に際しては、一九五七年 Plon 社版のテクストを使用した。

一九九二年八月

訳　者

訳者略歴

東京女子大学・慶應義塾大学卒

主要著書

詩集『花火』『闘技場』『薔薇宇宙』『贋の年代記』『蓮喰いびと』

歌集『水烟』

評論集『鏡のテオーリア』『古寺の甍』

主要訳書

『サン＝ジョン・ペルス詩集』

ボスコ『ズボンをはいたロバ』

アルトー『ヘリオガバルスまたは戴冠せるアナーキスト』

シュウォッブ『少年十字軍』

ケッセル『ライオン』

ユルスナール『ハドリアヌス帝の回想』『東方綺譚』『ピラネージの黒い脳髄』

本書は一九九二年刊行当時の元本を使用して印刷しているため、まれに文字が欠けていたり、かすれていることがあります。


火——散文詩風短篇集《新装復刊》

二〇二三年五月五日 印刷
二〇二三年五月二五日 発行

著者 マルグリット・ユルスナール
訳者 © 多田智満子（ただちまこ）
発行者 岩堀雅己
印刷所 株式会社三陽社
発行所 株式会社白水社

東京都千代田区神田小川町三の二四
電話 営業部〇三（三二九一）七八一一
編集部〇三（三二九一）七八二一
振替 〇〇一九〇‐五‐三三二二八
郵便番号 一〇一‐〇〇五二
www.hakusuisha.co.jp

乱丁・落丁本は、送料小社負担にてお取り替えいたします。

株式会社 松岳社

ISBN978-4-560-09350-4

Printed in Japan

■マルグリット・ユルスナール著
*Marguerite Yourcenar*

## ハドリアヌス帝の回想

（多田智満子訳）旅とギリシア、芸術と美少年を偏愛したローマ五賢帝の一人ハドリアヌス。命の終焉でその稀有な生涯が内側から生きて語られる、「ひとつの夢による肖像」。著者円熟期の最高傑作。巻末エッセイ＝堀江敏幸

## アレクシス　あるいは空しい戦いについて／とどめの一撃

（岩崎 力訳）静謐な思索の流れのあいだに激情を透かし見せる、一人称の物語。初期を代表する二篇と略年譜を収録。巻末エッセイ＝堀江敏幸

## 世界の迷路 Ⅲ　なにが？　永遠が

（堀江敏幸訳）若き妻を失った父ミシェル、彼が心を寄せた女性の存在。時代は戦争へと突入し、一族の物語はついに〈私〉という存在へと辿り着く。

白水uブックス
海外小説 永遠の本棚

## 東方綺譚

（多田智満子訳）古典的な雅致のある文体で知られるユルスナールの一風変ったオリエント素材の短篇集。古代中国の或る道教の寓話、中世バルカン半島のバラード、ヒンドゥ教の神話、かつてのギリシアの迷信・風俗・事件、さては源氏物語など、「東方」の物語を素材として、自由自在に、想像力を駆使した珠玉の九篇。